文
景
_____

Horizon

HERMANN
HESSE
KURGAST

聊聊疾病聊聊天

［德］赫尔曼·黑塞　著

谢莹莹　欧凡　译

上海人民出版社

目　录

译者序：黑塞的生命之歌

　　赫尔曼·黑塞是 1946 年诺贝尔文学奖得主，作品广为世界各地读者喜爱，中国读者热爱黑塞作品的也大有人在。我自己所读的第一本黑塞作品是他的自传体札记《温泉疗养客》，这是黑塞作品中少为人知的一本小书，却可说是最为风趣的一本。当时我因为腰椎神经病变住院治疗，日夜被疼痛折磨，读着这本书，居然能够在剧痛中大笑几回，而打动我心的是主人公在疾苦中所表现的幽默以及对个体、生命、自然的思辨。后来我把这本小册子翻译成中文，这已经是三十多年前的事了。此后我陆续读黑塞的诸多小说、诗歌、散文、书评以及书信集，也将我心爱的一些作品翻译出来。做着这些事情，精神上得到无比的享受，我把作家黑塞当成自己神交的良友。

　　黑塞作品的德文版已经出了二十卷本的作品集，包括诗歌、小说、散文、书信、书评，另外有四卷本的书信集以及两卷本《青少年时代书信集》（1895—1900），后者是他的夫人妮侬编选的黑塞青少年时代的书信来往。单行本除了各种小说、散文，还有摘录同一题材的集合本，诸如《黑塞谈幸福》《黑塞谈个性》《黑塞眼中的中国智慧》《忙中偷闲读黑塞》等。

黑塞的作品，无论是小说、诗歌还是散文，都可说是他的心灵自传。黑塞以小说闻名于世，他的小说之所以能够引起读者的同感，很大一个原因是他的写作全是来自切身的经历和体验。黑塞在描绘和阐释自己的生命时，因着能够生动地把握住其特殊性，能够将特殊性转化为普适性，故而能够超越时空的距离、超越文化的距离，直接与不同时代、不同社会、不同阶层、不同年龄的读者交谈，特别是青少年，他们总是能够从他那儿得到一点信息、一点启发、一点感应。就如那位写信给黑塞的日本少年，他觉得远在瑞士的黑塞在同他说话，并且比任何人都更理解他的苦恼。还如一位德国作家，他说，如果他在学校读书时就读到黑塞的书，那么他当时的许多无助和困惑对他的伤害就可能减少，至少不会让他那样地绝望。这样的例子还很多，这告诉我们，越早阅读黑塞的作品越是受益，当然，任何时候读都不嫌晚。

黑塞同时也是出色的诗人和散文家。他的诗歌主要记录了他成长过程中的挣扎和洞见，散文则更多记录了他对历史与社会的观察和思考。

诗歌对黑塞而言，"是灵魂对经历的反应……诗最先只对诗人自己说话，是他的呼吸，他的呐喊，他的梦，他的微笑，他的挣扎"，也就是主体性极强的一种文学形式。写诗的第一要义是真：生活经历之真，感情感觉之真，思想之真，还有就是真正的内心需要，所以绝不能以形害意。但这不是说，他不重视形式，相反，在对待诗的形式上，他的态度极为认真，总要在各方面不断推敲，直到一首诗全无雕琢的痕迹。浑然天成，大概是黑塞诗作的理想，而他的诗的确具备了优美而简单、自然而真切的特性。黑塞诗的另一特点就是节奏性和音乐性强，这对他是不可或缺的。

举凡时序变化、晨昏交替、湖光山色、花草树木皆是黑塞诗歌的题材，生老与病死、童稚与耄耋、内在的困惑、外在的苦难、对精神的追求、对生命的感悟也回响在他的诗中。当然，爱情诗还有讽刺之作更不会少。无论什么题材，他的写法都是以主体感受和思考为着眼点，咏物抒情写人无不将"我"置于其间，这时候，诗人的个性品格、生活态度、生活理想、对存在的理解和认识便了然于诗中。

他的诗讲述社会用同一模型塑造人，人和树木一样，被修剪得四平八稳，整齐一律。诗人以《被修剪的橡树》道出了渴望发展个性的心声："我与你何殊，屡屡遭剪的／满是磨难的生活并没把我折断"，然而，柔弱的生命虽然困顿，却能"从千磨万劫中／我日日朝外探首依然"，因为"但不可摧毁是我本性／我无怨也无尤／从被斫伐的枝丫中千百遍／我耐心地把新叶儿吐／千种苦，万种痛／怎经得我对这浊世情深如故"。这首诗以树喻人，表现出诗人不受摧残和束缚的天性。"吐新叶"既是本性的需要、自然的过程，也是为人间做出的贡献；既有

3

主观的价值，也有客观的价值，因为诗人热爱生命和人类，所以能够不屈不挠做自己该做、想做的事。《盛开的花》一诗中诗人从满树的桃花联想到人的思想。思想像花一样，会开出千万朵，正如不是每一朵花都为了结成果子而开，思想也不必每一个都符合功利的需要而有。诗人说："愿任花开物自适／莫问收获几许"；又说："人间正自有赖／嬉戏、无邪与过剩的花朵／否则世界就太小／生趣就太枯涸"。诗句所蕴含的是一种十分宽容自在、非功利的思想：自然界有它本身的价值，人不要以自己过分实际的价值观去看待自然，人的精神与自然是相通的。诗人呼吁不要将"有用""无用"这类观念套进生命的每个角落，短期的以及狭隘的价值观会扼杀人的精神发展。看来"无用"的有时反而更具有价值，因为它能给生命留一些余地、一些生机。身处功利至上社会的我们，读这样一首小诗是否有如醍醐灌顶呢？

黑塞的诗既是个体灵魂的呐喊，那么生命危机时期的苦难、黑暗与混乱，内心的冲突与沟通整合自然也就入诗了。诗《荒原狼》出现在小说《荒原狼》中，描写了荒原狼处于灵与肉、精神追求与本能冲动时的状态。诗中出现的字眼如鲜红的血、孤独的号叫、热乎乎的肉、花白的头发、不济的眼神、死去的女人、冬夜的大风、大雪覆盖的大地、燃烧的喉咙、魔鬼、可怜的灵魂，等等，读来惊心动魄，与那些写景状物感时抒情的诗大异其趣。另一首类似的诗《给印度诗人巴特里哈里》中，作家称这位印度诗人为先驱与兄弟，描写了人在神与魔鬼之间的一切挣扎。诗人虽受尽民间的奚落，却确知有神的气息在相伴，"不知这一切的意义何在，却只能如此地走下去"。这类诗，在黑塞诗作中所占比例不大，但也是不可忽视的部分。可以看出，即使在最混乱的状态中，诗人内心最深处也仍然感受到一种神圣的力量，他最终可以找到统一整合的道路。黑塞晚年的诗中，灵与肉总是和谐的，精神与自然最终融为一体。

黑塞的散文和书信内容较之诗歌侧重点则有所不同，除了湖光山色、花草树木、生老病死，还有对亲情友情的追忆，对时代与社会诸多现象的思考和批评，对文学艺术的看法，还有不少是自传性文字。他的散文简洁优美，时而心平气和，时而充满幽默，时而奋笔直指时代弊病。从中我们看出黑塞服膺的是个体良知，捍卫的是个性、精神与艺术文化，他所走的是通向内在的道路，目标是对人类有普遍意义的符合人性的人道主义精神。从散文和书信中我们更直接地认识作为人的黑塞，见到他终生不渝的为人与为文的一致。

黑塞一生蛰居乡间，不管是在德国还是在瑞士，他都尽力避开尘世，但他绝不是如同批评他的人所说的象牙塔里的文人，他不躲避时代的问题，对国家和世界大事了如指掌。1914年第一次世界大战开始时，整个德国处于狂热之中，知识分子们也都鼓起响亮的掌声，而他写了一系列的文章反对战争。他的评论文章《啊，朋友们，不要唱这调子！》呼吁各民族不要对立，虽然处于战争时期，但可以不敌视对方的文化。人类的精神文明是为全人类服务的，音乐、文学、艺术，一夜之间就被迫不能互相交流，那么，战争过后又该怎么办呢？谁来促使民族之间再次相互理解呢？用笔工作的人不应该跟着摇旗呐喊，应该对人类充满信心，应该维护和平、架起桥梁、寻找道路。他还认为德国对于发动战争应该负起自己的那部分责任。到1916年，他终于和德国当局的立场完全决裂，成了"卖国贼"，老朋友也视他为毒蛇猛兽。他的文章引起罗曼·罗兰的同感，罗曼·罗兰特地去拜访他，从此二人成为至交。他们看法一致，反对毫无意义的流血和战争，反对任何一种狂热的民族主义。

战后，帝国被推翻了，魏玛共和国却无所作为，希特勒和纳粹终于掌权，将德国一步步推向新的世界大战。预见到德国终将再次发动战争，再杰出的个人也影响不了这种趋势，他终于在1923年下定决心放弃德国国籍，入了瑞士籍。从德国到瑞士，国籍改变了，不过德语仍然是通用语言，环境也是他熟悉的，黑塞的流亡不仅是远离故国的流亡，更多的是内心的、精神上的流亡。流亡期间他写了一些政论文章，这些文章出自个体良知，也诉诸个体良知。文章所想达到的不是带引人们去纠缠政治问题，而是进入自己的内心，进入完全是个体性的良知。他说："马克思和我之差异除了他涉及的维度大大超过我之外，就在于他想改变世界，我则想改变个人，他直面群众，我直面个人。"他深信，人的最内在有某些区域，是一切源于政治和带着政治印记的因素达不到的地方，他想做的，就是引导读者进入自己的内心，听从自己的良知，保持独立人格，不要人云亦云，不要盲从。

从第一次世界大战开始，黑塞就没有停止过批评德国，因而也备受同胞的毁谤和讥讽，然而，是他，而不是那些高喊德国万岁的文人，为德国语言和德国文化做出了贡献。在1946年的诺贝尔文学奖答谢词中他认为，把文学奖颁发给他，意味着国际上承认德语和德国在文化上的贡献。而早在20世纪30年代，托马斯·曼就说过，黑塞代表了一个古老的、真正的、纯粹的、精神上的德国。黑塞也把他的获奖视作各民族和解的象征。这样，我们就看到什么叫爱国，诗人黑塞毕生同群体的狂热和偏见斗争，批评狭隘的民族主义，要求德国同胞自省，主张民族间精神的合作，他就这样在同胞的咒骂中实际完成了伪爱国主义者不能完成的爱国行为。

在散文中，黑塞也提出许多相反相成的概念，诸如个体与集体、特殊与一般、精神与自然、虔诚与理性、大与小、上与下、老与少、质与量、光明与黑暗、善与恶、内与外、自我与无我、传统与创新、节制与放任，等等。他以极为简单质朴而又优美的文字谈这些理性的概念，谈人生、宗教、文化、艺术、写作，描写人性和人的无意识这些复杂问题，他以无比的细腻和爱心描写天地造化，山和水、云和月、花和草在他的笔下显得那么真实，那么活泼，他描写的小城风光和乡间小径读来让人犹如身临其境。他以冷峻的笔调挞伐一切戕害个体心灵的事物与行为，挞伐不负责任的偏见，挞伐人的残酷与麻木，以自嘲和讥刺的语气剖析自己和别人的弱点。黑塞是个看似矛盾的人物，一生来回摇摆在精神与自然、节制与放任、定居与漂泊之间，他有非常清晰的政治意识，却是纯粹非政治性的人物，他批评社会却对人类充满爱心，经历黑暗，受尽同辈的奚落，却对生命满怀希望和信心，他的冷峻与温柔，其实缘由一致，都是出于对自然规则的尊重，对个体心灵以及精神、文化的尊重。

黑塞的诗文中，无论是西方式的激情与反叛，还是东方式的宁静与淡泊，都贯穿着悲天悯人的人道主义精神以及作者对生命真诚的信念。他谱写的生命之歌，是爱之歌，也是一个朝圣者之歌。在一个物欲横流之势有增无减的时代，在人们感情麻木、思想混乱的社会，与黑塞做伴，或许能够唤醒我们对精神追求的渴望，寻回被重重魔障掩蔽着的本性，使得我们比较宽容、比较有同情心，或许还能多一点分辨是非的能力和怀疑的勇气。

谢莹莹

2023 年 12 月 13 日

温泉疗养客

（1925）

谢莹莹 译

前言

> 闲散是一切心理学的开端。
>
> ——尼采

人家说，施瓦本人要到了四十岁才变得明白事理，自信心不强的施瓦本人有时就把这当作一种侮辱。但是，事情恰恰相反，这是极高的赞誉，因为一般所说的明白事理（就是年轻人所说的老年智慧，就是认识伟大的二律背反的道理，知道轮回和两极的奥秘），即使是天分很高的施瓦本人，在四十岁之前，也极少有人能够达到如此境界。不过，一个人如果过了四十五岁，不管他有无天分，老年智慧或老年心态就会自动出现，特别是随着年岁的增长而出现的一些警示和病痛会加强这种老年心态。最常见的病痛有痛风、风湿和坐骨神经痛，正是这些病痛把我们温泉疗养客带到巴登来的。这儿的环境对已进入这种心态的我十分有利，一到这儿，人就会自动地，好像有保护神带领着，进入某种怀疑的虔诚、愚钝的智慧，拥有一种差异性极强的简化艺术、一种非常智性的反智性状态，它就像温泉的热气和硫黄的气味一样，是一种特效药，我们必须浸泡其中。总之，我们疗养客和痛风病人特别有赖于此，就是尽可能地用圆机活法处理到处是棱角的生活，不要有大的幻想，可以代之以百种无大碍的小幻想。如果我没有弄错的话，我们这些在巴登的疗养客特别需要懂得二律背反的道理，我们的筋骨越僵硬，我们就越需要圆机活法，一种两面的、两极的思考方式。我们的病痛是病痛，不过和那种英雄式的、装饰性的病痛不同，有那种病痛的人，可以将他们的病痛看得和全世界一样重要且还不会失去我们对他的尊敬。

我把我个人老年的、坐骨神经疼痛者的思考方式提升为典型，提升为普遍的标准，好像我以人类的一个阶层和一种年龄段的名义在说话时，我完全明白，至少眼下明白这是很大的谬误，没有一个心理学家会承认我对外界、对命运的反应是正常的、典型的。他们经过一番敲诊，会容易地看出，我是一名尚有天分，但还不必住进精神病院的精神分裂独者者。这我不在乎，我把自己的思考方式，我的脾气，我的哀乐，投射到周围的人身上，也投射到周围的事物、设施上，投射到整个世界上，认为自己的思想和感情是"对的"、有权存在的，这种乐趣我不让人剥夺，虽然外界时时刻刻都在努力证明相反面的正确性，我不在乎多数人的反对，我认为我的做法比较对。这同我对伟大的德国诗人的态度一样，我不会因为绝大多数现今宁愿要火箭而不要星星的德国人对他们疏远，就减少对他们的尊敬、爱戴和需要。火箭很好，火箭令人着迷，火箭万岁！但是星星！看着、想着它们宁静的亮光，它们颤动着的世界音乐，朋友，这可是截然不同的感受啊！

我这后生晚辈在记录我的温泉疗养时，想起几十种前人写的温泉游记，作者优劣不同，带着喜悦和崇敬的心情，我想起众多火箭中的那颗星星，它是钱币中的金币，是麻雀中的极乐鸟，那就是卡岑贝格的温泉之旅，不过，这也阻挡不了我放出火箭去追随那星星，放出麻雀去追随极乐鸟。飞吧，我的麻雀！升吧，我的小风筝！

疗养客

　　火车刚进站，我艰难万分地走下车厢的阶梯，巴登的魅力立刻映入眼底。站在月台潮湿的水泥地上，目光四处侦察寻找旅馆行李夫。我看到从同一班火车上走下三四个同病相怜的人，他们紧绷臀部，犹豫不决地举步，动作小心谨慎，从他们无助的举止和哭丧着脸的样子，可以很清楚地看出他们是坐骨神经痛患者。虽然各有各的专项病，各有各的变种，因而步子犹豫不决、僵硬行走，还有跛行的样子，也各不同，各人的脸部表情也不一样，然而相同之处占主要部分，我一眼就看出他们都是坐骨神经痛患者，都是我的弟兄、我的同类。领教过坐骨神经所玩把戏的人，在这方面的眼光是敏锐的，当然不是从书本上学来，而是从医生称之为"主观感觉"的那种经历中领教来的。我很快停了下来，观察着这些被命运嘲弄的人。看啊，这三四个人面部表情都比我还难看，比我更加依赖手杖，抬起大腿时比我抖得厉害，把脚放下时比我更小心，更加紧张害怕，他们都比我苦，比我可怜可悲。这对我来说，简直太棒了，周围的人在跛行，在爬行，在叹息，还有坐在轮椅上的，他们比我病得更重，比我更有理由闹脾气，更有理由失望。这情况在我停留在巴登的短暂日子里，千百次重复地予我以安慰，这是取之不尽、用之不竭的安慰。我到此地的第一分钟立刻窥探到所有疗养的秘密和魔法，我快意地吞咽下这一发现：有病同享、有难同当的感觉。

当我离开车站，踏上缓缓伸向温泉区的一条下坡路时，每一步路都证实并加强了我刚才可贵的见闻：到处有拖着步子的疗养客，到处可见到他们疲惫而且有点驼的身体坐在绿色的长条椅上休息，也可见到他们成群结队地边聊边跛行经过。一位妇人坐在轮椅上被推过来了，她疲乏地微笑着，病恹恹的手上拿着一枝半凋的花，后面是一位昂首阔步、精力充沛、生气勃勃的护士小姐。一位老先生走出一家小店，就是风湿病人买明信片、烟灰缸和镇纸的那种小店（他们买许多这种东西，而我从未弄清楚其原因），这位走出店的老先生，每下一格台阶，须用一分钟，他看着面前的路，那样子，就像一个已经疲倦而无自信的人看着一项待完成的重大任务。一个年纪尚轻的男子，蓬乱的头上戴着一顶灰绿色军帽，拄着两根手杖，强有力却又费劲地向前走去。啊，这些此地到处可见的手杖，这些可恶的煞有介事的手杖下端装有橡皮箍，像蚂蟥或吸嘴那样紧紧吸住沥青地面。我虽然也用手杖，我的手杖是一根精致的马六甲杖，我乐于用它助行，但是必要时我也可以弃杖而行，从未有人见我用过那种可叹的橡皮箍手杖！这是清楚的事，每个人都会注意到，我是多么迅速地沿着这条可爱的街道向下逛去，很少借助手杖，只不过因着好玩而用它，它纯是点缀、装饰。坐骨神经痛患者的特征，小心谨慎紧收大腿的动作，在我身上是那么轻，那么微不足道，与这些年龄更大、更可怜、病得更厉害的兄弟姐妹们相比，我走得多么挺直，多么恰如其分，我是多么年轻健康，而他们的病痛是那么毫无遮掩、无可躲避，让人一目了然。每走一步我都吸吮着赞许，吞咽着肯定，我觉得自己几乎是健康的，无论如何，我的病比所有这些可怜人轻得多。假若这些半瘫痪的跛者还有痊愈的希望，假若温泉浴能治愈这些拄着手杖的人，那么我的不适，就应当像被热风吹融的雪，很快就会消失，大夫们也会发现我是个了不起的个案，一个值得称赞的现象，是治疗上一个小小的奇迹。

我友善地看着这些令我深感鼓舞的人物，心中充满同情与好感。现在有一位老妇从一家糕点店挤了出来，她显然老早就不想掩盖身体的缺陷了，利用一切可以使她减轻痛苦的动作和能够帮助她的肌肉，像一只海狮般，做着体操，平衡身体，游着泳挤过巷子，只不过动作比海狮还慢一些。我的心暗暗欢迎着她，对她欢呼，我赞美海狮，赞美巴登和我自己的好运。我见到自己被周围一同挣扎、一同竞争的人包围着，而我有远比他们多的优势，在轻微的坐骨神经痛的初始阶段，在痛风刚开始有些许症候的时候，我就及时来到这儿，这多好啊！撑着手杖，我转过头久久地目送那位海狮，带着一种良好的感觉，这事向我们表明，语言实在难以表达人心灵上发生的事，因为幸灾乐祸和同情心在语言上是截然相反的两种概念，在这儿却如此紧密地连在一起。天啊！这可怜的妇人，一个人竟然会落到如此地步。

即使在这令人欣喜、意气昂扬的时刻，在这可爱的狂喜中，我内心里那讨厌的声音也没有完全沉默，就是那我们非常不喜欢却大有需要的理智之声，它以令人不舒服的冷静音调，轻声地带着怜悯提醒我，我弄错了予我以慰藉的源泉，我采取的方法是错的。我这个撑着马六甲手杖、有点儿跛的文人，和那些半瘫的、跛得厉害的、变形的人相比虽然可以心存感激，但我没有考虑到此外还有比我轻得多的症状存在，我根本没有觉察到那些比我年轻、挺直、健壮、健康者的存在。与其说没有觉察到，不如说我拒绝同他们去比较，是的，最初几天我居然幼稚地相信，那些不用手杖、不瘫不跛、表情快活地散着步的人是这个城市的居民。过了好几天之后（通常我们认识事情就是那么慢），我才认识到：坐骨神经痛患者也有不用手杖、不扭曲身体而能走路的，许多走在街上的痛风病人，人家是看不出他们的病痛的，连心理学家也看不出，我轻微变形的走路姿势，我只用马六甲手杖，这绝不说明我位列于这种新陈代谢病最初的、无关紧要的阶段，那些瘫的、跛的羡慕我，而我同时也是另外许多同病者嘲弄同情的对象，我是他们的安慰、他们的海狮，总之，我对病痛程度敏锐的观察和比较，不是客观的研究，只是自我陶醉、盲目乐观。

　　此刻，我全心全意地享受着第一天的幸福感觉，开始了幼稚的自我肯定的狂欢，觉得很舒服。到处都有看得到的疗养客和比我病得重的弟兄吸引着我，每一个跛子都谄谀着我，遇到的每一张轮椅也都引发着我欢乐的同情和关怀他人的自满，我就这样沿街向下逛去，在这条令人愉快的街上，新到的疗养客从火车站被用轮椅推着走，蜿蜒的斜坡一直通向底下古老的温泉，像一条河注入温泉旅馆的大门。抱着良好的意愿和欢乐的希望，我逐渐靠近将要下榻的"圣苑旅馆"。我得在此停留三四个星期，每天泡温泉，尽量多散步，远离激动和烦恼。可能有时会有些单调，不无聊是不可能的，因为这儿的生活守则与具有深度和强度的生活正相反，而我一向厌恶一切群体生活和旅馆生活，而且还是个极难适应的孤独者，肯定有些困难得去克服。不过，这种新的、我完全不习惯的生活，虽然带着些市民生活淡而无味的色彩，毫无疑问地也会带来欢快、有意思的经历。经过几年无拘无束、安静孤独的乡居生活，整日沉浸在书本之中的我，不是极该回到人群中住一段日子吗？更主要的：在困难的后面，在几星期的疗养之后，有一天会到来，那一天，我将变得年轻、健康，将告别温泉，随心所欲地活动我的膝盖和臀部，沿这条街轻快地走向火车站。

　　可惜的是，正在我踏入"圣苑旅馆"时，天开始下起毛毛雨。

"您没带来好天气。"服务台的小姐非常友善地微笑着说。

"没有。"我不知所措地说。这是怎么回事呢？我在想着，难道真的是我造了雨并且把它带到这里？最简单明白的道理都会说，事情并非如此，但这不能减轻我这神秘学信奉者的心理负担。是的，就像命运和感情是概念的名称一样，就像我的名字、地位、年龄、相貌，我的坐骨神经痛，在某种意义上是我自找的，不能要别人负责一样，大概这雨也是这种情况。我愿意负责。

我把这意思告诉了服务小姐，又填了旅客登记表，然后就开始了住房交涉，正常的人、快乐的人不懂得其可怕之处，这是只有惯于孤独和绝对静寂、深受失眠之苦的隐士和作家被迫住旅馆时才懂得的痛苦。

住旅馆选房间对普通人是小事一桩，两分钟就能做完的事。而对我们神经衰弱者、失眠者、心理病人而言，这样普通的事却会与记忆、感情和恐惧联系在一起，会成为磨难。当友善的旅馆主人和接待小姐，在我们犹豫不决但不停的请求下，把他们的"安静房间"指给我们看、向我们推荐的时候，他们一点儿也想不到，这个可怕的词所引发的联想、恐惧、讽刺和自我讽刺是如何狂风暴雨般地袭击着我们。对这种安静的房间，我们太清楚了，清楚得心生恐怖，它们是我们痛苦的渊薮、我们最痛心的失败、我们不为人知的耻辱！舒适的家具、好意的地毯、快活的墙纸，它们是多么做作、多么奸狡地看着我们！连接隔壁房间的上了闩的门，对我们伴笑的样子多么恶毒！多么想置人于死地！不幸的是这类房间多半有这种门，它知道自己扮演着恶劣的角色，于是害羞地躲在布幔的后面。我们是多么痛苦、多么卑微地向上望着粉刷得雪白的天花板，在参观的时候，它总是在静默的虚空中狞笑。到了晚间和早晨，楼上房客的脚步声便震耳欲聋，啊！不但有脚步声，脚步声是大家都知道的，因而也不是最可怕的敌人。不，在要命的时刻，从这不显眼的白色天花板上，从那薄薄的墙和门后面，预想不到的噪声和震颤音滚滚而来：甩掉靴子、手杖掉地、强大的韵律性震荡（说明在做健美操）、倒下的椅子、从床头柜掉下来的杯子或书、拖拉箱子和家具的声音，再加上人声、谈话、自言自语、咳嗽、笑声、鼾声！还有，比这些更糟的，不明其详且无法解释的噪声，那些罕见的、恍如幽灵的响声，不知其意义，也不知它要响多久，那些喜欢敲打翻搜的人，以及一切的拆裂声、滴答声、耳语、吹和吸声、沙沙声、叹息声、轧轧声、啄声、沸腾声，天知道，在几平方米的旅馆房间内藏着多大的无形乐队！

于是，选旅馆房间对我们这种人就成了一件极端棘手而又相当无望的行动，有二十件事要想，有一百种可能性要考虑。意外噪声的来源，在一个房间里可能是壁橱，在另一个房间可能是暖气管，在第三个房间里可能是吹笛的房客。根据经验，我们知道绝对无法确知，哪个房间可以提供我们热切希望得到的安静和安稳的睡眠，因为看起来最安静的房间会藏着意外的惊喜（我不就为了避免来自上面和隔壁的嘈闹而住进五层孤零零的用人小房间，结果如何？取代人的是阁楼上闹得欢的老鼠！）。我们最终是否该放弃选择，让偶然去掌管命运？自己找痛苦找麻烦，几小时之后却失望悲伤地面对那不可避免的事实，与其这样，不如让盲目的命运去掌管，不加选择地接受人家提供的第一个房间。当然，这样是比较聪明的。但我们不这么做，或很少这么做，因为，如果让聪明和避免生气来引导我们该做什么不该做什么，生活会成什么样子呢？我们难道不知道，命运是注定的，逃不掉的？而我们不是还念念不忘，幻想自己有选择的可能和自由的意志，我们每个人，在选择医生、职业和居住地时，在选择情人或新娘时，不是也很可以交给纯粹的偶然去管？说不定效果更好。然而，我们不是仍要选择，仍要为此而经历许多激情、辛劳和忧烦？这么做的时候也许是幼稚的，带着童稚的热情，相信自己能够影响命运，或许也有怀疑，深信那种努力是没有价值的，不过同时深信，行动和努力，选择和使自己痛苦，比在失望和被动中僵化要好，要有活力，要有益，至少，比较有趣！我这个呆子就是这么做的，明知自己的做法会徒劳无益，毫无价值，仍然每一次要为房间而交涉良久，问清楚隔壁房客的情形，门是哪种门，以及所有相关情况。我在这样的日常小事上总是听从幻想，听从虚构的游戏规则，好像这种事情能够以理智的态度处理，值得这样去处理，在我，这是一种游戏、一种运动。我这么做，和赌徒根据数学表格下注是相同的，我们知道面对的是偶然，却由于深切的精神需要，做得像是不可能也不允许存在偶然，好像世上的一切都听从我们理智的思考和安排。

就这样，我与乐意帮忙的服务台小姐仔细地过了一遍还空着的五六个房间。知道有一间的隔壁住着一位拉小提琴的女子，她每日练琴两小时。这是个重要消息，我自然要尽可能远离那个房间和那层楼。我本来对旅馆可能有的声音就特别敏感，具有建筑师该有的感受能力。总之，我做了必要的理智选择，我仔细负责地注意着神经质的人选卧室时该注意的一切，通常得到的结果大约可以这样概括："这虽然没有什么用，我在这间房会遇到在别的房间同样会遇到的冒险和失望，不过自己总算尽责尽力了，其他的就看上帝的安排吧。"同时，在这种情况下我内心深处总会出现另一种声音："把一切交给神，自己别玩这把戏，那样是不是好一些？"像往常一样，我听见这声音而又听不见，因为这时我的情绪很好，一切也就相当顺利，我满意地看着我的箱子消失在 65 号房之后就走了，因为我登记看病的时间到了。

真好，这儿也一切顺利。现在我可以承认，当时是有点儿怕，不是怕诊断结果太坏，而是在我心目中，医生隶属精神界，应该有崇高的地位，我难以忍受对医生的失望。自己也不清楚出于什么原因，我期待医生维持着一点人文精神，这包括懂得拉丁文、希腊文以及某些较浅的哲学，那种今天大多数职业所不需要的人文精神。一般情况下，我乐意见到新的、革命性的事物，但在这件事情上，我相当保守，我要求教养程度高的人要有一点理想，要乐于理解和探讨，不受物质利益左右，也就是保有一点人文精神，虽然我知道，这种人文精神事实上已不存在，即使是做做姿态，也只能在蜡像馆才看得到。

稍事等待之后，我被带进诊室。这房间的布置相当有品位，我立刻对它产生了信任。医生在另一房间洗手，接着也进来了，他的脸孔显示着智慧，给人的感觉是他能理解人，我们互相打了招呼，像有礼貌的拳击手开战之前热情地握手。我们小心翼翼地开战，互相打量着对方，犹豫地试着前几拳。我们还处在中立地带，讨论着新陈代谢、食物、年龄、病史，还未进入要害地区，聊的当儿，有几次我们的目光相遇，很清楚是在交战。这位医生用了他拥有的一些医学神秘词汇，我只能大略拆解，这些词汇使他的说明多了几分修饰，也提高了他相对于我的地位。几分钟之后，我总算弄清楚，对这位医生我不必害怕可能产生可怕的、使我这样的人十分尴尬的失望情绪，也就是说我不必害怕，在智慧的、有专业训练的、令人有好感的表面后头会遇上僵化的教条，宣称病人的看法、想法、用词全是主观想象，而医生的看法则极具客观价值。做一番努力以赢取这位医生的理解是有意义的，他处理按照规定该做的一切时很理智，在某种尚无法确定的程度上他还是知人的，也就是说，他对所有精神价值的相对性具有一种灵活的感觉。有教育、有能耐的人之间，时刻发生这样的事，每个人都认为他人的心理和语言、教条和神话是主观的，只不过是一种试验、一种肤浅的比喻。而在自己身上认识到这一点并且应用到自己身上去，承认自己和对方都有权利拥有自己的本来面目、思想方式和语言，也就是说，两个人在交流思想时，意识到所使用的工具的脆弱性、语言的多义性、真正准确表达的不可能性，自己有时也该退让，相互间要有真诚的意愿和知识者的骑士风度，这种良好的、在思想者之间其实很自然的状况，事实上极少出现，因之，我们由衷欢迎任何近似的情况，看来，我和这位新陈代谢科医生有可能互相理解与交流。

　　如同我所预期的，就在这一刻，事态有了转变，我们离开了中立地带，我的伙伴转入攻击，他小心却着重地，以一种看来很随意的口气问道："您不觉得，您的病痛部分可能也是心理因素造成的？"原已知道的、我所预期的事现在出现了。客观检查的结果与自述病痛的严重性不相符合，说明我有可疑的敏感性，我对痛风主观的反应不符合正常尺度，我被认出是个神经质的人。好吧！开战吧！

　　我用同样小心翼翼、同样随便的口气解释说，我不相信"心理因素也发生作用"，在我个人的生理和神话中，"心理的因素"是首要力量，并非生理因素之外的副因素，我认为我们的每一种生活状态、每一种哀乐的感情，还有我们的每一种病、我们的每一种灾难和死亡，都来源于灵魂。如果我的指关节因为痛风而肿大，那是我的灵魂、我可敬的生命原则、在我里面的本我，以物质形象表现出来了。如果灵魂有痛苦，它会以各种不同的方式表达出来，在第一个人身上表现为尿酸过多而令自我的身体逐渐衰退，在另一个人身上则表现为酗酒，其作用也是使自我解体，在第三个人身上可能表现为整天头重如铅。同时我也承认，助人的医生在多数情况下，他的任务、他所能做到的应该是寻找物质上的，也就是次要的病情变化，并且做物质性的治疗。

讲了这么多之后，我心中有准备，医生完全有可能不予理会。他大概不至于直接说"尊敬的先生，您说的全是废话"，但他很可能会用一种带着过多同情的微笑同意我的看法，讲一点情绪对人，特别是对艺术家灵魂的影响，他甚至还可能用上"不可衡量之物"这个要命的词。这个词是一块试金石、一把衡量精神尺度的敏感秤。当人们要衡量和描述生命的一些表现形式，而现有的度量衡不够细致、自己的意愿和能力不够用的时候，他们就用这个十分方便的词。科学家多半知道得不多，比如，他们就不知道，对那些他们称之为"不可称量的"匆促敏捷难以把握的生命价值，在自然科学以外有古老而深有文化的衡量和表达方式，托马斯·阿奎那和莫扎特各自用他们的语言所做的，不是别的，正是用极其精确的方式测量所谓的不可衡量之物。我能够期待一个温泉疗养院的医生具备这样细致的知识吗？即使他在专业上是个杰出的人才。可是，我这么做了，看吧，我并未失望，我被理解了。他看出，他面对的不是陌生的教条主义，而是一种游戏、一种艺术、一种音乐，不会有得理不让人的事，不会有争执。他做得很好，我被理解、被承认了，自然不是作为正确者被承认，我既不正确，也不想正确，而是作为寻求者、作为思考者、作为对立面、作为偏远但完全有效的另一学科的同行被他承认了。

血压和呼吸检查结果本已使我情绪舒畅，现在，情绪简直就是高涨了。雨天也好，坐骨神经痛也好，疗养也好，总之，我没有落入野蛮人手中，我面对的是一个人，一个同行，拥有灵活心态、知道细致区分的一个人！我并不打算常找他，与他长谈，与他仔细讨论问题。不，这没有必要，虽然有这种可能性也是不错的。在一段时间内有权管我、我必须对他信任的这个人，在我眼中是个拥有成为人的毕业证书的人，这就够了。至于大夫，他今天或许认为我是个精神活跃，只可惜有点神经质的病人，但是以后有可能出现这样的时刻，那时，他能够登堂入室，与我真正的信仰和哲学交锋。我自己基于尼采和汉姆生的关于精神病的理论说不定还能进一步发展。不过，这不重要。不把神经质的性格当作病态，而是将它视为虽然痛苦却是有益的升华过程，这是个好想法。不过，这样去生活比这样去说明重要得多。

拿了一大堆疗养守则，我满意地告别了大夫。那些印在纸张上的规定我明天一早就得开始执行，规定的事看来有治疗效果，也会有趣：温泉浴、热治疗、石英灯、疗养体操、汤药。看来，这段治疗不至于太无聊。

在疗养地的第一个晚上过得非常好、非常隆盛，旅馆女主人把晚餐安排成品位高尚的盛筵。许多美味佳肴，如鹅肝酱馅土豆丸、爱尔兰杂烩、草莓饭等是我多年无缘一尝的。饭后，我同旅馆男主人坐在一间漂亮的老式房间里，古老的核桃木桌上放着一瓶红葡萄酒，我们边喝边聊，谈话相当活跃，一个出身、职业、理想、生活方式完全不同的陌生人对我的话有反响，而我也能够参与他的忧喜，知道他同意我的一些看法，这真令我高兴。我们没有互相高抬对方，但我们很快找到接触面，坦诚相待，很容易彼此就有了好感。

睡觉之前，我在外面散了一会儿步，星星映在水洼中，河水潺潺，河岸上几棵极美丽的树摇曳在晚风中。明天它们仍会美丽，但是，此刻它拥有一种富于魅力的、无法重复的美，它来自我们的灵魂，按照希腊人的说法，只有当爱神注视着我们的时候，这种美才会在我们心中升起。

一日的作息

　　描写疗养地一日的作息，比较容易的方法是选取一个一般的日子，一个没有什么特征的日子，一个半晴半阴的正常日子，外界未发生特别事故，内心没有特别征兆和迷惑。因为在这儿的不只是神经质的文人，而是全部坐骨神经痛患者，随着疗养程度和过程的不同，感觉也常常不同。有难受和沮丧的日子，有轻松愉快满怀希望的日子，我们有雀跃的时候，也有拖着沉重步子或绝望地躺卧在床上的时候。

　　不过，无论我费多大的劲重构一个温温吞吞、好坏参半的常人过的平常日子，有件尴尬的事我都怎么也逃不掉，因为每一天，特别是疗养地的每一天，都以早晨开始。被那么多美丽诗歌颂扬过的早晨，我却不知拿它怎么办才好，这大概跟我最大的缺点和恶习有关，我睡得极差，从各方面看来，这也符合我的本性、我的哲学、我的脾气和性格。这真可耻，承认这事对我有些为难，不过，如果不想说真话，写作又有什么意义呢？清晨，这著名的一日之计所在的时间，带来新的开始、新的动力，对我却是要命的时间，我为它困恼，为它痛苦，我们

28

互不欢迎。不过，对洋溢在艾兴多夫和默里克诗中的那种清新明亮的清晨喜悦，我并不缺乏理解和感受，在诗和画中、在记忆中，我感受到清晨的诗意，对孩童时期的清晨乐趣我还有些朦胧的记忆，虽然从那之后的许多年里，我没有一天早晨是快乐的。即使在我所知道的以最为响亮的音调颂扬清新的晨乐、沃尔夫为艾兴多夫的诗歌谱曲的《清晨，我的快乐》中，我也能听出躲在远处的不和谐音，我很相信艾兴多夫的清晨情调，却无法真的相信沃尔夫的清晨乐趣，我觉得他塑造的是一种伤感的、诗意的、渴望的，而不是有真实经历的赞美歌。一切使我的生活困难、棘手，使它成为危险可厌的问题的东西，在清晨都显得特别响亮、特别巨大。而一切使我的生活甜蜜美妙特殊的东西，所有的恩赐、所有的魔术、所有的音乐在清晨都远离我，看不见也听不见。从那又差又短还时而中断的睡眠之坟中起来的我，毫无插上翅膀的复活之感，有的只是沉重、疲惫、胆怯，没有任何保护层和盔甲可对抗汹涌而来的周遭世界，外界的一切振动像通过扩大机对着我清晨敏感的神经而来，它的声音像通过麦克风向我吼叫。要等到中午，生活才变得可以忍受，运气好的时候，黄昏和夜间美妙非凡，令人容光焕发、飘飘欲仙，神之光照亮着这样的时光，规律而和谐，充满魔术和音乐，能好好地补偿我经受过的恶劣时刻。

有机会时我想在别处说说，为什么我不只把失眠和清晨的难受看作病态，而且也看作恶习，为什么我虽然觉得可耻，却又觉得事情应该是这样，我不该否认也不该忘记，不该从外部加以治疗，我需要这种恶习作为我真正生活并完成其任务的动力，这是使得生命常新的刺。

对我而言，在巴登疗养的日子比之平时有这样一个优点：疗养期间，每日以一项重要的晨间义务开始，这项清晨的任务易于完成，也使人舒服。我指的是泡温泉。早上无论什么时间，醒来之后的首要任务不是令我厌烦的事，不是穿衣戴帽，不是做体操，不是刮胡子，也不是看信件，而是温泉浴，一件易行、温暖、不会有麻烦的事。带着点眩晕的感觉我从床上坐起来，小心翼翼地做几下操，使得发僵的腿又能活动，站起来，披上睡袍，经过昏暗沉寂的走廊走到电梯，它把我一直带到地窖，通向浴间。这儿，古老的石拱圆顶发出轻轻的响声，永远笼罩着美妙柔和热腾腾的氤氲雾气，因为到处流淌着温泉水，每次到了这儿我就突然有一种在岩洞中的温暖感觉，那种感觉和小时候躲进用两张椅子搭上一条床单做成的洞穴时一样。在预订的浴间里，等待我的是一池刚从泉眼流出的水，石砌的池子建在地面下，我一面踩着两级石阶慢慢走下去，一面把沙漏倒转过来，水又热又涩，带点硫黄味。石砌浴间令我联想起修道院的密室，高高的圆拱上有毛玻璃窗，微弱的光线就从那儿透入。玻璃之外的世界遥远而模糊，没有任何声音传到这儿来。在我周围，神秘之水的美妙暖气玩着游戏，千年来这泉水就从地底下不知名的厨房里这么流淌出来，持续地以涓涓细流注入我的浴池。根据规定，我在池中得尽可能活动四肢，多做体操和游泳的动作。我总是尽义务地做上几分钟，然后就闭目休息，半睡半醒看着沙漏里的沙静静下落。

窗口吹进来一片枯叶，是一种不知名的小叶子，掉在我浴池边缘上。我看着它，读着它的脉络，呼吸着事物无常的特殊警告，它使我们恐惧，但是如果没有它，世间就没有美的事物。这真奇妙，美丽和死亡、快乐和逝去是如何彼此相克相成啊！我非常清楚地感到身体周围的感性实体，而在我内里自然与精神的界限分明。就如花儿易凋而美丽，金子常在而乏味，自然界所有的生命运动都无常而美丽，常在而乏味的是精神。此刻，我拒绝它，我完全不把精神看作永恒的生命，而看作永恒的死亡，是僵化的、不能结果的、不成形的，只有当它放弃了不朽，它才能够赢得形状和生命。只有当金子变为花朵，精神变为肉体、变为灵魂，它们才能够获得生命。不，在这不温不火的清晨时刻，在沙漏和枯叶之间，我不想同精神打交道，我要的是无常，我想做孩子和花。

在热水中躺了半小时，当出水的时刻到来，我就知道自己是如何脆弱了。按铃叫管理员，他来了，为我摆好一条热透的浴巾。现在要从水中站起来，这时，那种易逝的、虚弱的感觉渗透了我的四肢，温泉浴会把人弄得很疲惫，当我在水中浸了半小时或四十分钟之后，腿脚手臂就都不听使唤了。爬出浴池，把浴巾披在肩上，想要使劲搓一搓，也想好好运动几下子，让自己精神起来，可是我做不到，我跌坐在椅子上，觉得有两百岁那么老，过了许久许久才下得了决心站起来，穿上内衣，披上睡袍，走回去。

我膝盖酸软无力，慢慢经过安静的拱顶地窖向着硫黄泉源走去，浴间门后偶有水声潺潺，硫黄泉在玻璃罩下石子之间喷涌沸腾。关于这泉水有个令人费解的故事。它的石砌池子边缘上总是放着两个给浴客用的玻璃杯，故事就从这儿开始，那两个杯子总是不见踪影，每个又干又渴的温泉浴客走到泉源时，都会发现杯子又失踪了。只要他浴后还摇得动头的话，他就摇摇头，叫来服务员，来的人有时是门房，有时是堂倌，有时是打扫房间的女孩或者浴池女服务员，有时则是管电梯的男孩，他们也都会摇头，大家都不知道那捉摸不定的杯子又上哪儿去了。很快新的杯子拿来了，客人喝了水，把杯子放在石头上就走了，如果两个钟头后他回来又想喝水的话，杯子肯定又失踪了。这事给旅馆员工增加不少工作，使他们烦透了，他们每人对杯子失踪的事都各有说法，不过都没有什么说服力。比如电梯工就认为是客人把杯子拿走的，好像每天打扫房间的女孩不会发现似的。总之，事情没个解释，我一个人就有近十次需要人拿杯子。我们的旅馆住了大约八十个客人，都是一些正派人，年岁比较大，患有痛风或风湿，大概不至于偷杯子，所以我设想，拿走杯子的要么是个病态收藏者，要么并非人类，而是温泉精或者龙呀什么的，他也许是为了惩罚人对温泉的掳掠

32

而拿走杯子，说不定哪一天有个在圆拱地窖里迷路的幸运儿会撞上一个秘密洞口，发现洞里的玻璃杯堆成山，因为根据我的估计，一年少算也得有两千个杯子跑到那儿去了。

就在这个泉眼我接了一杯浓热的水高兴地喝起来，多数时候我会重又坐下。想再站起来就难了，好不容易站起来后，就拖着步子走向电梯，心里很满意，觉得尽了义务之后可以好好休息真是舒服，因为泡了浴、喝了水，我就完成一日中两项最重要的任务了。不过，这时时辰还早，最多不过七八点，离中午还有好几小时，如果有一种魔术能把清晨换成夜晚，那么让我拿什么去换我都愿意。

此刻，疗养规则可帮了忙，它规定浴后上床，这正合我意，不过，这时旅馆的活动早就开始，走道在打扫卫生的小姑娘和送早餐的女工急促的脚步下嘎嘎作响，房门快速打开又关上。睡觉或许能睡上几分钟，更久就不可能了，因为还没有发明出一种隔音机，真能够保护失眠者那总是警惕着的敏感耳朵。

不过这也无妨，再次躺下，再次闭目，还无须想早上该做的那些一点意思也没有的事：穿衣、刮胡、打领带、打招呼、读来信、决定去做一件事、再次纳入生活的轨道中，这还是叫人感到舒服的。

这时我躺在床上，听着隔壁房客笑、骂、漱口，听着过道小铃连续尖叫以及旅馆工作人员急步小跑，不一会儿就清楚，再拖延下去已没有意义。好吧！该起就起吧。我起床，我漱洗，为了能够穿上衣服和鞋子我展开一系列复杂动作，把自己硬挤进衬衫领子里，将怀表塞入西装背心口袋中，再用眼镜装扮自己，我以囚犯的心情做这一切，几十年来跟着成规这么做，知道一辈子得这么做，不会有完毕的时候。

九点钟时我这脸色苍白不发一声的客人出现在餐厅，坐到我那小圆桌旁，无声地向为我端来咖啡的漂亮、欢乐的小姑娘打招呼，拿个小面包涂上黄油，又拿个放入口袋，打开放在桌上的几封信，把早餐塞进嘴里，信件塞进外衣口袋，看见走廊上一个疗养客百无聊赖地站在那儿，他想找我聊聊天，老远地笑迎着我，并且已经开始说起话了，说的还是法语，我速战速决，很快地从他面前走过，一面低声喃喃地说着"对不起"，一面冲到街上去。

现在在花园里或者在林子里，我终于能够与世隔绝地过一个上午。运气好的时候能够工作，这时我坐在公园的椅子上，背对阳光和人，写下夜里所思所想而此时脑子里还有印象的一些东西。多数时候我散步，很高兴口袋里装着半个小面包，把面包捏碎去喂麻雀和荏雀是我晨间最大的乐趣（这个用语有些过于强烈）。这时我绝不去想，离这儿几英里外的德国，即使是富裕人家，餐桌上也没有这种白面包，成千的人根本就连面包也没有。这一想法很容易出现，我总是设法挡住，不让它进入我的意识中，这种防卫常是很吃力的。

在风雨中或在阳光下，工作或散步，最终我好歹打发了上午的时间。接着而来的是一日的高潮：午餐。我绝非饕餮之辈，并且总算是个能识得精神生活和苦修制欲之乐的人，但是即使对我而言，午餐时刻也是隆重而要紧的。这一点有赖我们仔细考察。

在前言中我提到，上了岁数的风湿病人和痛风病人有他们特殊的心理状态与思考方式，其中之一就是明白不可能直线式地去看待世事，懂得，且能敬重二律背反的道理，知道反面和矛盾的必要性。巴登的疗养生活正好将某些矛盾以极强烈的方式表现得淋漓尽致，但不触及其深层的哲学基础。在这儿我们可以发现许多这类比喻，举个最普通的例子，比如说那无处不在的椅子：它们邀约所有非常容易疲乏、腿脚不听使唤的疗养客坐下休息，客人也很乐于应请。不到一分钟，他就又惊骇地挣扎而起，因为有良好意愿的椅子设计师同时也是个有深度的哲学家、讽刺者，他把椅面设计为铁质的，坐骨神经痛的人一坐上去，会立刻感到他病体最敏感的部位受到一股致命寒流的侵袭，直觉告诉他，必须立刻逃离此处。就这样，椅子提醒他，他多么需要休息，一分钟之后，又清楚地告诉他，生命在于运动，发锈的关节更需要的是锻炼而不是休息。

这样的例子很多，然而总是活动在正反两端之间的巴登精神，中午和晚上在餐厅里的表现是最出色的。几十个病人坐在那儿，个个有坐骨神经痛或痛风，来这儿的目的只有一个，那就是通过疗养除去病痛。任何一种简单直接的、初级的清教徒智慧，靠着简单的化学和生理学知识，给这些病人开出的方子，除了温泉浴，最重要的一定是斯巴达式简单、无肉、无酒、无刺激的食物，有可能的话甚至禁食。巴登人的想法可不这么幼稚、这么简单和片面，几百年来，巴登除了温泉，也还因着丰盛精美的烹饪而著名。事实上，全国各地没有几个地方，也没有几家饭店，能够像巴登这样提供给痛风病人如此美味、如此丰盛的佳肴。最香的火腿浇上德扎来酒，最嫩的煎猪排浇上波尔多酒，在汤和烤肉之间上一道清炖鳟鱼，以肉为主的主菜后面是绝妙的蛋糕、布丁、奶油。

以前有不少作家想解释巴登的这种特点。要了解这儿高超的饮食文化并且赞同它并不难，巴登有上千疗养客，每个人每天两次称赞着这儿的饮食，但要解释这种情况就比较困难了，因为它的成因相当复杂。以下我想介绍最主要的几点，不过，我首先要坚决反对那些经常听到的纯理性的论证。比如，巴登有损疗养客真正利益的美食文化是长期以来逐渐形成的，缘于疗养地各旅馆的竞争，因为巴登自古本以美食著称，在这一点上各旅馆的业主至少不愿居他人之后。这一论点很有市场，但它避而不谈问题，却把巴登美食真正的起源归于过去和传统，这就经不起推敲。最不能使人满意的是那种荒谬的说法，认为出现美食是店主为利所驱的结果，好像会有旅馆老板愿意让肉店、面包店、点心店尽量多赚钱似的，并且还是在巴登这种地方，这儿每一家旅馆的地窖里几百年来都流淌着矿泉，这是一块磁铁，对客人有极大的、永不衰竭的吸引力。

不，我们得好好深入挖掘才能为这种现象找出一种理论。这奥秘不在于传统，也不在于店老板的善于心计，而是深深地存在于宇宙架构的根基里，它是永恒的、人注定要接受的二律背反所包含的道理。如果巴登的菜肴量少质差的话，那么老板们可以省下三分之一的费用而仍然会顾客盈门，因为他们的客人不是被美味吸引来，而是被他们自己的坐骨神经驱赶来的。不过让我们试试假设，来巴登的客人都过得非常理智，不但以温泉对抗尿酸和血管硬化，而且加上禁酒禁食，结果会是怎么样呢？疗养客会健康起来，不久，全国就没有坐骨神经痛了，而它却和自然界一切形式一样，有存在和历久的权利。到时温泉可以不要了，旅馆也该歇业坍毁了。就算我们不在乎后一种损失或者我们能替之以他物，但宇宙计划中的痛风和坐骨神经痛消失了、温泉白流了，这非但不能改善世界，而且会使之更糟。

除了这有神学倾向的论证之外，我还要举出心理学上的根据。我们温泉疗养客谁愿意在忍受泡浴、按摩以及忧虑、无聊之外还要再忍受禁食和苦修呢？不，我们情愿病只医治好一半而生活得好些、有趣些，我们不是年轻人，不会对自己和别人提出绝对的要求，我们上了点年纪，深深纠缠在生活种种条件的束缚中，习惯于得过且过。另外，让我们好好想想这样一个

37

问题：如果我们每个人经过一次理想的疗养而完全康复并且变得长生不老，这是对的、该追求的吗？如果我们认真回答这个棘手的问题，我们的答案是：不，不。我们不想完全康复，我们不想永生。

诚然，就我们每个人来说，我们也许更容易说：是的。如果我，疗养客作家黑塞，被问到，是否同意作家黑塞免去病痛和死亡，是否认为他的长生不老是好事，是值得企盼的，是必须的。那么我，有着文人天生的虚荣，起先大概会回答：是的。但是，一旦问题涉及的是别人，比如疗养客米勒、坐骨神经痛患者勒格兰德或64号房的荷兰人，那么我会很快地说：不。是的，不，我们这些年纪已大也不怎么好看的人，即使未患痛风，事实上也没有必要永远活下去。那样会很不幸、很无聊、很可厌。不，我们心甘情愿死，在以后。不过现在我们在令人疲乏的温泉浴之后、在费力地打发掉上午的时间之后，宁愿过得好一点，在餐桌上啃鸡翅膀，吃鲜美的鱼，喝红葡萄酒。我们就是这样，胆怯、虚弱、好享受，年老而自私。这就是我们的心理状态，而因为我们的灵魂，逐渐衰老的风湿病人的灵魂，也就是巴登的灵魂，我们认为，从这方面看来，巴登的饮食传统是合理的。

现在有足够的根据为之辩护了吧？还需要提供更多的理由吗？理由还有上百条。让我指出一条，非常简单的一条：矿泉浴十分"耗"人，浴后人很饿。因为我不只是疗养客和食客，我也尝过禁食的乐趣，所以在这三个星期中跟着吃喝，良心并没有什么不安，虽然这于我的新陈代谢有害，而且穷困世界就在眼皮底下。

我离题远了。让我们回到一日作息的本题来吧！我坐上餐桌吃午餐，看着鱼呀、烤肉呀、水果呀一道道地上，在等菜的空隙我思虑重重，久久地看着大厅里女孩们的腿，她们一律穿着黑袜子，我也思虑重重地，但不那么久地看着餐厅男领班的腿，我们所有病人都认为他的腿是可贵的一瞥，是我们的慰藉。这位服务员，一位叫人很舒服的先生，曾经患过严重的风湿病，到了不能行走的地步，后来在巴登经过疗养而完全治愈了。我们每个人都知道这事，他自己也对好些人讲过。所以我们总是羡慕地看着他的腿。年轻女服务员的腿则不必疗养，天生就是那么纤巧灵活，这就使我更加钦羡了。

因为我独居一室，所以用餐时是我稍能认识其他疗养客的唯一机会。我不知道他们的名字，也只同几个人说过话，不过，我看着他们坐在那儿，看着他们吃东西，能从中得知一些端倪。我的邻屋，那个每日早晚好几个小时吵得我无法睡觉的荷兰人，现在在餐桌上低声细语地同他的夫人说话，如果不知道他是 64 号房客，我简直就听不出那是他的声音。啊！你这温柔的男孩。

在我们这午间剧中，有几个轮廓特别突出、角色特别鲜明的人很能使我得着点乐趣。有个荷兰来的女巨人，高两米以上，很有些重量，她的形象庄严，无愧于扮演疗养地的侯爵夫人。她的模样真壮观，可惜走路不怎么样，每当她撑着一根纤细的、像游戏用的、时刻都会断的手杖进来时，看起来是那么卖弄风情、那么危险，叫人紧张。不过，那手杖也有可能是铁制的。

还有一位极端严肃的先生，我打赌，他至少位居国务委员，他是个彻头彻尾的道德家、爱国主义者，下眼睑有点红，像忠诚的伯恩哈特狗的眼睑那样下坠着，脖子粗而硬，能经受任何击打，额头布满皱纹，钱包里装满来源合法的钱，一张张数得很清楚，心怀无可挑剔的、高尚的，然而偏执、不宽容的理想。有一天夜里我做了个可怕的梦，梦见这人是我的父亲，我站在他面前为自己辩护，他指责我第一我缺少爱国心，第二我赌钱输了五十瑞士法郎，第三我引诱了一个女孩。经过那个几乎置我于死地的梦境后，第二天我十分渴望见到那位在梦中使我战栗不已的先生本人。我以为看到他我就会好起来，因为我们总是以为现实远远没有噩梦来得可怕，那个人说不定会笑着跟我点点头，或者跟大厅的女孩开个玩笑，要不，至少他的真人会改变我梦中那个扭曲的形象。然而，中午见到那位严肃的先生时，他既没有微笑也没有同我点头打招呼，他一脸阴沉地坐在他的红葡萄酒前面，额头和脖子上的每一条皱纹都不容置疑地显示出道德与决心，我怕极了，晚上只有祈祷，愿梦里不必再见到他。

相反地，凯塞林先生是多么温雅可亲、多么有风度，他正

40

当盛年，我不知道他从事什么工作，但他肯定是个小贵族，他平滑的额头上飘扬着丝一般的淡黄头发，脸颊上欢畅的酒窝温柔迷人，浅蓝色的眼睛热情而醉人，诗意的手轻柔地划过高雅的彩色背心。在这样的心胸中不可能有虚伪，不可能有任何不高尚的感情使得这高尚失去光彩。他像雷诺画中的女孩子从头到脚惹人怜爱，年轻时的凯塞林大概参与了丘比特的无赖游戏，这温雅可爱的人。可是，有一次当这可爱的男子黄昏时刻在吸烟室里给我看一些袖珍黄色画片时，我真有说不出的惊骇与失望。

在这大厅中我所见到的最有意思、最好看的客人今天没有来，我只见过他一次，那天晚上他在我的小圆桌和我对面坐着，他有一对欢乐的褐色眼睛、一双细长灵巧的手，在病人中间显得鹤立鸡群，光彩照人。亲爱的，再来吧，与我同享美餐，同饮美酒，让我们的童话和笑声使这大厅明亮活泼起来！

我们疗养客总要相互检阅一番，就像人们在清爽的夏日总要相互打量一番一样，不过穿着的时髦和雅致不是我们关注的所在。我们关注的是病友的状况，因为在他们身上我们能见到自己，如果今天6号房的老先生感觉不错，能够独自从门口走到餐桌，我们大家都会感到高兴，如果我们听说福鲁瑞夫人今天起不了床，大家就会难受地摇摇头。

在好好地吃了一小时午餐并且互相观察一番之后，大家很不情愿地离开了这舒适的大厅。对我来说，一天中比较好过的部分开始了。好天气的日子里，我带着笔记本和铅笔，再带上一本让·保罗的书，到旅馆花园隐蔽的一角找我放在那儿的躺椅。三四点的时候多半有"治疗"，也就是说，我得到大夫那儿去，让几位女助手用最新方法为我治疗。她们让我坐在石英灯下，为了能够尽量利用这神灯的能量，我让身体最需要它的部分尽量靠近，结果有好几回烫伤了。另外，大夫勤快的女同事为我做透热治疗，她将包着电极的小垫子绑在我手腕上，通上电，颈部和背部也放上了小垫子。而我除了太烫时大叫之外，什么也不必做。做治疗时大夫可能进来，我可能与他聊天，虽然这希望十有九回落空了，但可能性总是存在，这就使得治疗多了些诱人之处。

我决定散个小步，走过疗养地公园时，见到许多人进去，就知道上面大厅里一定又有音乐会了，这儿经常举办各种音乐会，但我一次也没有去过。于是我也走了进去，只见大厅里已经聚集了许多听众，这是第一次遇见此地疗养一族的群体。几百个难兄难妹坐在椅子上，有的面前摆着咖啡或茶水，有的手上拿着书或织着毛线袜，他们在听远处大厅一角几位音乐人的演奏，他们演奏得很起劲。我久久站在门口看着、听着，因为厅里没有位子了。我看着乐队表演，他们奏的多半是些不知名作曲家的复杂曲子，我对这整个安排没有什么好印象，倒不是因为演奏的质量不佳，其实他们很精于自己的行当，正因如此，我愿他们演奏真正的音乐，而不要演奏这些杂七杂八拼凑在一起的玩意儿。可是，事实上这也不是我真想要的。如果他们演奏的不是《卡门》中比较有消遣性的段落，而是舒伯特的四重奏或亨德尔的二部合奏，我可能觉得好一些。不，天啊，那会更糟，这种事我曾经在类似的情况下被迫经历过。当时厅里人不多，咖啡厅乐队第一提琴手演奏着巴赫的慢步舞曲，在他演奏的时候我的耳朵同时能听到其他几种声音：两位先生付账时让女招待在桌上数钢镚儿，一位态度强硬的女士在存放处强烈要求取她的伞，一个可爱的四岁男孩叽叽喳喳地使一桌人高兴，此外，酒瓶酒杯茶匙杯子也不甘寂寞，还有一位眼神不济的老妇把一碟点心碰下桌，自己给唬了一跳。这些事每一件单独来看都很自然，值得我同情、注意，但是，这么多同时逼将过来我心理上却应付不了。而这该由音乐负责，唯一扰人的是巴赫的慢步舞曲。不，我很尊重疗养大厅的乐手，但是对我而言，这种演奏会缺少一种最主要的东西：意义。让几个好乐手从著名歌剧中抽出几段来演奏，就因为有两百个人感到无聊，不知道如何打发下午的时间，在我看来，这并非充分的理由。这儿的音乐会所缺少的是心，是最内在的东西：紧绷的灵魂等待着艺术来解救的活生生的需要，一种必要性。不过，至少不久之后我就发现，这些毫无活力的听众也并非完全一致的群体，他们是由许多不同的个体灵魂组成的，而其中之一对音乐的反应极其灵敏。在大厅最前面靠近演坛处坐着一位热情的音乐之友，他留着黑胡子，戴着金边夹鼻眼镜，靠着椅背，闭着眼睛，整个人沉醉在音乐中，头跟着节拍晃动，每当一曲终了，他就哦一跳，于是睁开眼睛，先于众人大鼓其掌，鼓掌嫌不够，还站起来，走近演坛，从后面扯扯乐队长，在众人不断的掌声中热情地当面赞赏他。

站久了有些累，加上对这表演的兴趣不如对那位极端心醉的胡子先生的兴趣大，所以在演奏会第二次休息时我打算离开，这时，我听到另一间房里有声音，问了身边的一位病友，才知道那是赌场。我心中大喜，急忙过去。果真是赌场，房间角落里摆着棕树和一些圆形丝绒座椅，好些人在一张很大的绿桌上推轮盘。我轻轻走了过去，桌子周围有好多人围观，我从他们肩头望过去，也还能看到一些赌博的情形。最引我注意的是庄家，那是一位未留胡子、身穿燕尾服的先生，头发是棕色的，看不出年龄多大，他脸色凝重，技巧高超，只用一只手，借助一根特殊的有弹性的弯柄棍或钩子，就能在桌上迅速地把赌注从一处拨往任意一处。他使用那根钱钩子就像灵巧熟练的渔翁使用英国制的金属渔竿，此外他还有办法把银币从空中扔到他想要的任何一格下注的地方去。这些动作的节奏和管轮盘的年轻助手的吆喝声相呼应，但在他那没有什么生气的棕色头发下，剃得很光的红红的脸始终镇定自如。我久久看着他，看他一动不动坐在一张特制的倾斜的椅子上，毫无表情的脸上只有眼睛快速地转着，毫不费力地用左手抛出赌注，又用右手的钩将赢的钱迅速钩回推往一角。他的面前是一摞摞大小不同的银币。他的助手不断扔出球，球滚进轮盘某个数字洞里，助手就不断地喊出那个数字，招徕赌客下注，他又不断报出，哪一格已有人下注了，还警告似的喊道："停止下注！"这位严肃的先生在桌上不断地玩着、工作着。我以前在世界许多地方也见过赌场，见过类似的棕树和座椅、同样的绿桌子和滚动的球，那还是传奇似的战前时代，那也是我旅行和漫游的年代，那时我就想起屠格涅夫和陀思妥耶夫斯基美丽郁闷的赌徒故事，后来我的注意力就转向他处了。不过，仔细看看，这位穿着燕尾服的先生所做的一切都只是他的自娱而已。他扔出他的银币下注，把这些钱从五推到七，从双数推到单数，赢了他付款，输了他把钱收回。没有观众下注，观众都是来疗养的人，多半来自农业地区，他们和我一样，饶有兴趣又惊羡万分地关注这哲学家的动作，仔细听着他的助手冰冷的法语吆喝声。我出于同情，挤到桌子一角，将两个瑞郎放上去，这时有五十只睁大的眼睛紧张地盯着我，我十分难为情，等不及看我的瑞郎消失在钩下便落荒而逃。

今天我又在街上的商店橱窗前流连了几分钟。疗养地有好些个商店，疗养客在这儿买他们自以为不可或缺的东西，诸如明信片，青铜制的狮子、蜥蜴，用名人雕像做的烟灰缸（如此一来，顾客就可以因为好玩而每天把点燃的香烟插入瓦格纳的眼睛）以及许多我不敢妄加描写的物品，因为虽然观察了很久，我始终弄不清那是些什么东西、有什么用处。有些看来好像是原始民族的祭祀用品，不过我也可能猜错，所有这些使我感到哀伤，它们明明白白告诉我，无论我多么想要合群，却仍然活在市民圈子和现实世界之外，对他们我什么也不知道，永远也不会真的了解他们，就像我虽然努力写作却永远无法让他们懂得我一样。当我看这橱窗里摆着的不是日常用品，而是所谓的礼品、奢侈品、恶作剧玩具时，这世界使我感到陌生，这陌生使我害怕，一百种东西中，其用途、意义、用法我稍能猜到一点的有二三十种，而其中没有一样是我会想要买的。那些东西到底怎么用，你得猜上好半天：这是插在帽子上还是插入口袋里抑或插进啤酒杯用的？那是一种纸牌吗？有一些画、一些刻的字、外汇复制品、一些名言，它们的出处我一无所知，还有一些我熟知其意义而且崇拜的象征性东西被弄得不像样。比如把佛像或中国神像刻在女式阳伞的把手上，这种事令我猜不透，觉得生疏而痛苦，甚至感到毛骨悚然，这不像是故意亵渎圣物，是什么样的想象力、什么样的需要和心态使得生产者去制造、使得顾客去购买这种疯狂的东西呢，这是我真的渴望知道却绝对无从得知的。另有些事也是我不理解的，比如下午五点坐在时尚咖啡屋里！有钱人喜欢吃加上奶油的昂贵精致糕点，喝咖啡、茶、可可，这我完全理解。但是为什么自由而精神健全的人在享用这些东西的同时，要让自己受这样的罪，让过分讨好人的甜蜜音乐扑面而来，极端不舒服、不自在也不高雅地坐在狭窄且人满为患的屋里，屋里还琳琅满目地挂满毫无必要的饰品，更为甚者，为什么人们不但不觉得这是干扰、不觉得不舒服、不觉得格格不入，反而乐于来到这儿，其缘由我将永不得知，只好归咎于我自己的轻微精神分裂状态。不过，这种事总是让我一再担心。一些同样衣着时髦生活富有的人，坐在这种咖啡馆里，被甜甜的音乐阻碍了思考、交流，几乎也阻碍了呼吸，他们坐在庞大的奢侈之中，被大理石、银器、地毯、大镜子包围着，同是这些人，晚上听着关于日本简朴高尚的生活方式的报告时据说听得很入迷，他们家中藏有印刷和装帧都很精美的僧侣传奇与佛经。我真的并不要做虔诚的人或者做说教者，我甚至也能参与一些疯狂危险的不道德行径，我会为人们得着乐趣而高兴，因为同有乐趣的人在一起比较舒服，但这些人得着乐趣了吗？这些大理石、奶油、音乐真的能带来快乐吗？当这些人面前摆着服务生端来的精致甜点的时候，他们不是正看着报纸，读者许多关于饥荒、暴动、枪战、死刑的消息吗？在豪华咖啡馆的大玻璃窗背后不是有个充满血腥、贫穷、绝望，充满疯狂、自杀，充满恐惧不安的世界吗？自然，我也知道，事情就是这样子，没有什么不对，上帝的旨意就是这样。但我对此所知的，只不过像人们对乘法表所知那样，并非确切知道。事实上，我觉得这些事疯狂可怕，一点也不对，也非神之所愿。

我满怀忧虑地走向那些挂着风景明信片的商店，我非常熟悉这些店，可以说，我对巴登风景明信片的研究已经相当深入，主要是为了通过了解巴登疗养客的需要更好地去了解他们以及他们的心灵。有许多漂亮的明信片是老巴登风景画的复制品，也有画着温泉浴场的古油画和铜版画的复制品，从这些画上可以看出，几百年前的巴登比之今日虽然不那么严肃高雅，也许也不那么讲究卫生，但当时人们的生活和温泉浴肯定比现在有趣。这些老画片，还有画上的钟楼尖塔、三角形山墙和各种民族服装引人发思古之幽情，虽然我们不会愿意生活在那个时代。这些街市和温泉景象，无论是17世纪还是18世纪的，都散发出这种画固有的淡淡忧伤，因为画上的一切都显得美丽，人和自然和平相处，房屋和树木之间并无战争。从赤杨树到牧女的衣服，从冠有塔顶的城门到小桥和喷泉，一直到在圆柱旁撒尿的小鸡似乎都被美丽包围着，是个统一体。我们在某些画上可以见到滑稽可笑的、愚蠢的、炫耀的场景，但见不到丑恶和叫骂；房子一家连着一家，像站在杆上的一排鸟儿，而现在城市里的房子，一栋对着另一栋喊叫，互相竞争，互相排挤。

于是，我想起有一次和情人参加化装晚会，大家都穿上莫扎特时代的衣服，忽然之间她眼含泪珠，当我吃惊地问她为什么时，她说："为什么现在什么都变得那么丑？"那时我是这样安慰她的，我说，我们的生活并没有变差，而是更自由、更富裕、空间更大了，而从前的人漂亮的假发套下藏着虱子，在四面镶镜的华丽厅堂和烛台的背后是受饥寒被压迫的民族，我们对从前只保存了最美好的记忆，只记得它光明的一面，这是好事。不过，人们并不总是那么理智地看待事物。

让我们回到明信片上吧！这地方有一种明信片很特别，相当有创意。这儿是老百姓称之为甜菜国的地区，他们有各种系列的明信片，把百姓的日常生活，比如学校、军队、家庭远足、厮打等场面画在上面，而画上的人都画成甜菜的样子。我们可以见到甜菜情侣、甜菜决斗、甜菜会议。大家都很喜欢这种明信片，这也无可厚非，可是我就偏偏对它们毫无兴趣。除了历史画和甜菜画之外，还有一种爱情画，这一类画片也是比较多的。我们会以为在这方面较能够有所作为，以为这一类画能使得死气沉沉的橱窗摆设变得生机盎然、多彩多姿、充满活力。可是我不得不很快就放弃了这种愿望。恰恰是爱情生活在这图画世界中受到忽视，我真的相当惊讶。这类画片大约有一百种，它们共同的特征就是一种可怜可叹的无邪与贞洁，在这方面我也无法适应一般的欣赏品。这儿的画既不表现热烈纯粹的情爱，又缺乏犹抱琵琶半遮面的诗意，它们全都沾着一种甜蜜羞涩的情调，所有的情人都刻意打扮得漂亮时髦，新郎多数穿大礼服，戴高帽子，手里还拿着鲜花，有的画上月亮高照，画的底下还配有诗，比如：

你高洁的，月光闪烁
从你蓝色的眸子里

49

我见幸福向我招手

许多诗看来很差，可是比起所配的画，那简直可称经典了。画面上女孩的头显然借自美容院的蜡像模特儿，她端坐在树下一张椅子上，一位青年男士站在她面前，不知道他正在戴还是在脱他的小羊皮手套。

今天我也在画片前站了一会儿，感到它们了无生气实在无聊，产生一种热切的愿望，想远离这些原本该保护的音乐会、赌徒、正经的新郎新娘、甜菜画片，于是我闭上眼睛，求神解救，因为我知道我已因深深的失望和厌恶而濒临爆发的边缘，每当我满怀意愿真心想要摆脱我那隐士生活和特殊行径，想参与多数人的喜怒哀乐时，这种对生活的厌恶就发作。我真的是无可救药了。

神真的帮助了我。我刚闭上眼把意念从疗养和甜菜世界转移开，渴望听见来自其他领域的问候，听到我所熟悉和信任的声音，就想出了解救的办法。我们旅馆有一个偏僻而鲜为人知的角落，为人敦厚的店主在那儿养了两只小黄鼠狼，笼子很宽，相当人道。我忽然非常想看看这两只黄鼠狼，于是不顾一切跑回旅馆，跑到黄鼠狼的笼子前。一看到它们，我就好起来了，这正是我在这危急时刻所需要的。这两只高贵漂亮的动物像孩童般无猜和好奇，很容易就被我引出窝，它们似陶醉于自己的活力和轻快敏捷，在宽阔的笼子里大步跳跃跑动，时而停在我面前，粉红色的嘴急促地呼吸着，热乎乎的润湿鼻息呼在我手上。我无需更多。看着这清澈的眼睛、这上帝设计的美丽的皮毛杰作，感觉它们活生生热乎乎的呼吸，闻着它们强烈的野生动物的气味，这就足够使我放心地相信，所有的行星和恒星、所有的棕榈树林和流经原始森林的河流都还完好无损。黄鼠狼给予我的保证，浮云和绿叶也同样能给，但是，那时我正需要这更为强有力的证明。

黄鼠狼比明信片、比音乐会、比赌场更加有力量。只要还存在黄鼠狼、存在原始世界的气味、存在本能和天然，那么对诗人而言，世界就还是个能够生存的地方，美丽而极有希望。我松了一口气，感到梦魇在消失，对自己取笑了一番，笑够了拿一块糖给黄鼠狼吃，接着轻松地向外走去。这时已是黄昏时刻，夕阳尚未完全下山，金黄的云朵伴着蓝天，照射在我的困惑之谷上面，那么明亮、那么无邪，我微笑了，知道好时刻已降临。我想着我的情人，把玩着脑海里的诗句，感受到音乐，感受到幸福和虔诚布满世间，心中充满敬畏，我扔掉了白天的重担，像鸟儿、蝴蝶、鱼儿和云朵般跳入一个欢乐、童真犹存的世界。

这天晚上，我很晚才回旅馆，我的坐骨神经痛哲学全散架了。我快乐而疲乏，哼着歌回来，真好，睡眠也不逃避我，这羞怯的小鸟来了，它对我很亲密，用它的蓝色翅膀把我带入天堂。

荷兰佬

我长时间不愿动笔写这一章。现在到了非写不可的时候了。

十四天前，我谨慎周详地考虑过后选择了65号房，总的说来，没有选错。房间的浅色壁纸让人感到亲切，床放在墙凹入处，我很喜欢这房间别具一格的设计，房间光线很好，窗外可以望见河流和山坡上的葡萄园。另外，这房间位于整座房子的最高层，上面不会有人住，底下街上也不会传来什么嘈杂声。我选得不坏。当时我也打听了邻房客人的情况，所得信息颇能让人放心。一边住的是位老太太，从她房里从未传来什么动静。但是另一边，也就是64号房，住的却是那个荷兰人！经过十二个可怕的日日夜夜，这位老兄对我变得非常重要，对我而言，他成了一位神话式的人物、一位邪神、一个妖魔鬼怪，直到几天前我才把他降服。

凡是见过他的人，谁也不会相信我说的话。这位来自荷兰的先生，这位这么多天以来白天妨碍我工作、夜晚阻止我睡眠的老兄，既非迷乱的嗜酒恋战之徒，也非狂热的音乐家，既不

52

在别人意料不到的时间里醉醺醺地回来，也不殴打或辱骂妻子，他不吹口哨不唱歌，甚至不打鼾，至少打鼾的声音不大，不至于吵到我。他是个循规蹈矩的正经人，已不年轻，生活规律得似钟表，没有什么特殊的不良习惯。这位理想的市民怎可能使我吃尽苦头呢？

不幸这是事实。导致我不幸的主要原因是这两点：在64号和65号房之间有一扇门，虽然这门闩上了，前面还摆了一张桌子，但它一点儿也不封闭。这是其一，这件事是无法改变的。另一件更为可怕的事是：这位荷兰老兄有位夫人。她也是合法的既成事实。此外还有一件超乎寻常的倒霉事，我的邻居恰恰跟我一样，大部分时间留在房里，旅馆的客人很少是这样的。

如果我也带着太太，或者我是个音乐教师，或者我有一架钢琴、一把提琴、一支号角、一门大炮或大鼓，那么我还可能有希望战胜我那位荷兰邻人。但现在情况却是如此：这对荷兰夫妇一天二十四小时里听不见我一丁点声音，我对待他们就如人家对待国王或重病者一样，给他们以绝对的安静，这是天下无双的好待遇，而他们如何回报这种善行呢？他们每天赐我六小时的禁扰时间，就是当他们从夜晚十二点到清晨六点睡觉时。这时间用来工作、睡觉、祷告或沉思可以随我便。对剩下的十八小时我则无权使用，这时间不属于我，这每日的十八小时从某种意义上说只存在于64号房。在这十八小时中64号的房客聊天，说笑，梳洗，接待访客。我必须承认，他们不玩枪械、不奏音乐也不殴斗。但他们也不思考、不读书、不默想。那儿总是在谈天说地，常有四五个人在一起，而晚上夫妇二人聊天要聊到十一点半。接着是收拾杯子的叮当声、刷牙声、拖椅子声以及漱喉的咯咯声。再来就是床的响声，接着是寂静（这又是该当赞许的），这寂静一直持续到清晨六点钟，这时夫妻中不知道谁起床了，地板跟着就振动起来，他进了洗手间，一会儿就出来，而我泡温泉的时间也到了，等我回到房里，隔壁房的聊天、杂声、笑声、拉椅子声，等等等等，不到午夜就停不下来。

如果我像别人一样理智正常的话，我会很容易适应这种情况。因为既然两人比一人强大，我会让步，我会像多数疗养客那样，离开房间，到别处打发我的时间，图书室、抽烟室、走廊、大厅、饭厅都是可以逗留的地方，而夜里我也会睡我的大觉。可是我有如魔鬼缠身，就是喜欢做那耗人精力、令人疲惫的傻事，白天里花许多时间独自坐在书桌旁，费神地思考，费劲地写，而时常只是把写出的东西丢进字纸篓，夜里虽然渴望睡眠，可是我的入睡是一个复杂的进入朦胧的过程，需要好几小时的时间，再则，我的睡眠很轻、很脆弱，哈一口气就能把它吹得无影无踪。晚上十点、十一点时，即使我已困倦之极，几乎就快打盹了，但只要隔壁房荷兰人那儿还在欢聚，我就无法进入梦乡。我精疲力竭渴望着午夜的到来，等待着来自海牙的那人赐予我或许可以入睡的机会，这么一面等着一面听着还一面想着明天的工作，睡意就消失了，加上着急、生气，就更加睡不着了，所以往往要在他们赐予的六小时快过去之时，我才能稍微眯上一会儿。

难道我不清楚，要求那个荷兰佬让我多睡点觉是毫无道理的？难道我不明白，我睡不好觉、我对精神活动的爱好，全是我的过错而不是他的过错？然而我写下这巴登记事，不是为了埋怨别人，也不是为了替自己洗刷，而只是想记录下一些经历，就算这只是心理病人过分扭曲了的经历。至于另一个比较错综复杂的问题，那个令人畏惧、令人震撼的问题，即关于心理病人的存在依据、存在权利的问题，也就是在特定时代特定文化中，成为心理病人是不是比放弃一切理想而去适应时代潮流更值得尊敬、更高尚、更正确，这个令人生畏的问题，这个自尼采以来所有殊异的人物所提出的问题，我不打算在此讨论，我的其他著作涉及的原本就几乎全是这一题材。

如上所述，那个荷兰佬成了我的大问题。我自己也无法解释，为什么我想的写的都是单数，总说"那个"荷兰佬。其实那是一对夫妻，是两个人。或许因为我天生对妇女的怜爱使得我比较愿意对那位妻子网开一面，或许因为那位丈夫声音大步子重，真的比较扰人，总之，使我痛苦的不是"她"，而是"他"。我的敌对情绪自动避开妻子，我把丈夫神化为对立的敌人，个中缘故多少与深层心理的原始本能有关：那个荷兰人身强体壮，容光焕发，形象尊贵，钱囊鼓起，我这边缘人原就是与这种类型对立的。

此君大约四十三岁，中等个子，身材壮实，有点粗短，给人一种健康正常的印象。脸型和身材肥硕饱满，但还不到引人注目的地步，他肥头大耳，加上一副耷下来的眼睑，整个头部安在短而直的脖子上，全身看起来就像是扛着一大块重物。这个荷兰人动作稳重，举止无可挑剔，可惜他的健康和体重使他的动作和脚步又重又容易吵到人，这真是超过他的邻人之所愿。他的声音低沉，毫无抑扬顿挫，音调和强弱始终如一，平心而论，他看起来正经、可靠，令人放松安心，使人简直要对他产生好感。有点扰人的是他很容易得小感冒（顺便说一句，几乎所有温泉疗养客都有这种倾向），这使得他常大声咳嗽和打喷嚏，从中也显示出他的重量和力度。

这位来自海牙的先生运气不佳，做了我的邻居，白天是我的敌人，威胁和破坏我的脑力劳动，夜间有部分时间也是我的敌人，破坏我的睡眠。但我也并非每天都觉得他的存在对我是种惩罚和负担。曾有好几天，阳光灿烂，天气暖和，我得以到户外工作，在旅馆花园里隐蔽的小丛林中，把夹子放在膝盖上，我写着，思考着，做着白日梦或心满意足地读着让·保罗的书。但有许多阴冷的雨天，我只能整天隔墙面对敌人，当我静静地全神贯注坐在桌旁做我的事时，隔壁房里荷兰老兄不停来回走动，往脸盆里加水，往痰盂里吐痰，重重地坐到沙发

56

上去，和他的太太聊天说笑，还接待客人。这常是我十分痛苦的时刻。这时我最大的帮助就是工作。我并非工作狂，也得不了勤劳奖，但是，一旦脑子充满一种幻想或一连串想法并且被它们迷住时，一旦开始试图赋予这些想法一种形式时，那么我便十分执拗，对我来说，没有任何事比这事更重要了。这样的时刻里，即使整个荷兰在64号房举行庆典，对我也毫无影响，因为我沉浸在那寂寞、神奇又危险的耐心游戏之中，它把我牢牢套住，我紧握住笔，让它跟着我的思路奔跑，在喷涌而来的联想中选择，非找出合适的词语不可。读者或许会觉得好笑，但对我们写作的人来说，写作永远是件令人痴迷、让人激动的事，像划着小舟漂在大海上，是一次穿越宇宙的孤独之旅。在三四个可用的字里选一个，与此同时耳朵里和感觉中必须把握住整个句子。在铸造句子、铺开结构、为架构上螺丝的同时，整章甚至整本书音调的抑扬和比例的匀称就会不知通过什么方式存在于你的感觉之中，这真是一种激动人心的工作。就我自己的经历而言，我只知绘画时精神也是如此紧张、如此集中。一种颜色的旁边配上另一种，配得对配得准确，这是容易的，这能够学会，然后可以随时应用。但要在感觉之中持续见着整幅画的各部分，连尚未画出的也要考虑到，要真正感觉到错综复杂的颤动中密密麻麻的网络，这可真有说不出的难，成功的次数屈指可数。

可见文学写作本身会强令精神集中，这种高度紧张的创作冲动使得一个人可以不受外界干扰和阻碍。一个人，如果只能有舒适的桌子、最好的光线、自己习惯用的笔墨和特殊的纸张等才能写作，我总觉得可疑，谁都会找外在的方便和舒适，但若是没有条件，也还是能够应付的。就这样，我写作的时候，在我和64号房之间常能够出现距离感或隔离层，它保护着我，使我得以有一小时出活儿的时间。但只要我开始感到疲乏，隔壁的干扰就会特别显著，而经常缺乏睡眠，又大大增加我的疲乏。

睡眠的情况比工作差多了。我有一些心理学上关于失眠的理论，我不打算在此说明。我只想说，这种临时性的对荷兰人的免疫力，借助集中精神这种如虎添翼的力量而忘却64号房，对于工作总是有效，然而我的睡眠却没有这般好运。

失眠的人受煎熬的时间一长，就会像过分疲劳神经紧张的人那样，对自己也对身边环境产生排斥、痛恨，甚至毁灭的情绪。而靠近我身边唯一的环境就是荷兰人，所以在失眠的夜里，我心中堆聚起对荷兰人的厌恶、恼怒、怨恨，这些情绪白天也消解不了，因为压力和干扰一直在继续。每当我疲倦万分渴望安静，躺在床上却被那个荷兰佬弄得欲睡不能时，听着隔壁房里他饱足、坚定、结实的步子，听着他强壮有力的动作、元气充沛的声音，我就对他产生一种相当激烈的恨意。

不过我总算还能在一定程度上意识到这恨是多么愚蠢，我常能够嘲笑这种恨意，因而使它不那么尖锐。要命的是，这恨原非针对个人，我恨的是对我睡眠的干扰，恨的是我自己的神经衰弱，还有那不密封的门，然而一天下来这恨意会越来越不中立，越来越难以排遣，它会逐渐变得更愚蠢、更片面、更针对个人。最终，就算是我告诉自己，这不是这个荷兰人的过错，也没有什么用了。我就是痛恨他，并且不只在他真的使我厌烦的时候，也不只当他半夜里不顾别人大声谈笑重步走路的时候。我真的痛恨他，这是一种真正的、幼稚的、愚蠢的恨，是失意的做小生意的基督徒对犹太人的恨，那种愚蠢的毫无理性的恨，实际上出于懦弱或妒忌的恨，别人这么做时，我总感到遗憾，它破坏政治、生意、公众关系，我从不以为我会这样。我痛恨的不只是他的咳嗽、他的声音，而是他本身、他这个人，白天里随便在哪儿见到他，他都是一副兴高采烈、清白无辜的样子，这种相遇对我而言不啻遇到一个大仇人、一个害群之马，这时，我的哲学最多也只就能使我忍住不发作。他光滑快乐的脸、重重的眼睑、厚而带笑的嘴唇、时髦西装背心底下的肚子，他的行动举止，这一切组成一个令我厌恶的整体，我最痛恨的是他那许多显示力量、健康和兴致的标志，他的笑、他的好情绪、他动作的能量，以及他眼神中高傲的淡漠，这都是他生理上和社会地位高人一等的标志。一个人日夜使用着别人的睡眠和气力，不停享用吞噬着邻居对人的顾虑、安静的举止以及忍让的态度而自己毫不知节制，日日夜夜随心所欲让房间与空气弥漫着声响和震颤，这样的人自然容易健康，不会有坏情绪，他自然容易表现出心满意足的样子。见鬼去吧荷兰佬！我隐约想起歌剧里那个漂泊的荷兰人[1]，他不也是个可诅咒的魔鬼和害人精吗？我特别想起诗人穆尔塔图里[2]所刻画的那些肥胖、懂得享乐、爱搜刮的荷兰人，他们把马来人吸个干净，换来了财富和闲适舒服的生活。穆尔塔图里，好样的！

　　熟知我的思想和感情、我的信仰和想象的朋友们能够想象得出，这种毫无尊严的状况带给我多大的痛苦，这逃不掉又非我心所愿的对一个无辜者的恨该是如何折磨着我、干扰着我。使我痛苦的倒不是因为我的"敌人"的无辜，以及我感情上对他的不公平，更主要的是因为我自己行为的荒谬，因为我的实际行为和我的知识、信念、宗教之间存在深深的原则性的矛盾。我一直认为，世界是一个统一体，一个神之手所造的统一体，一切磨难一切丑恶的存在，都是为了使我们感到，我们个人只是整体不可分割的一部分，不必把"我"看得太重要，这是我的信念，对我而言没有其他想法比这更神圣。我一生经受过许多苦难，做过许多错事，自寻过许多无聊的烦恼，但我总是能够得到解脱，能够忘却自我、投入他事，能够感受统一的整体，能看出内与外、自我和世界的矛盾其实只是幻觉，于是心甘情愿闭着双眼进入整体之中。这对我从来不是桩容易的

---

[1]　指瓦格纳歌剧《漂泊的荷兰人》。——中译注，下同
[2]　Multatuli（1820—1887），荷兰作家，曾长期在荷属殖民地政府中任职，其作品揭露了荷兰殖民政策对当地人造成的痛苦。

事，像我这么缺乏能力去接近神圣的人，世上少有，然而我仍然一回又一回地遇上那种基督徒称之为"恩赐"的奇迹，那种和解的、不再挣扎违抗的、真心乐意照做的神性经历，这也就是基督教的放弃自我，或印度的有关整体的理论。可是现在我再次身处整体之外，这个我是单独的、受难的、厌恶他人、怀着敌意的我。这样的我不是独一无二的，别人也是这样，有许多人一辈子在斗争，为力争自我与外界为敌，他们不知有关一体、爱、和谐的思想为何物，他们会觉得这些概念愚蠢可笑，现代人讲求实际的宗教正是以颂扬自我及其奋斗为内容的。可是只有质朴天真的人在这奋斗中会感觉良好，而得道者，以及经受磨难而后明鉴、经受磨难而后感觉细致的人，已没有可能在这种奋斗中得到幸福，他们只有在舍弃自我、经历一体时才可能感受幸福。啊，那些单纯的、能够爱自己恨仇敌的人有福了，那些永远不必怀疑自己的爱国者有福了，他们对自己国家的祸患和灾难一点儿也不必负责，过错自然都在于法国人或俄国人或犹太人，随便谁，反正一样，总是别人、总是"敌人"的错。或许世界上百分之九十的人真的由于他们那种原始宗教而感到幸福，或许他们在那个愚蠢或特别狡猾的不事思考的盔甲中果真活得轻松愉快，令人称羡，虽然这也是很值得怀疑的，难道就没有一种共同的标准可以用来衡量我和那种人的喜怒哀乐？

这是我在一个难熬的长夜里所想到的。当时我躺在床上，是那位荷兰老兄的牺牲品，他在隔壁咳嗽、吐痰、来回走动，而我烦躁不安精疲力竭躺在那里，眼睛因看书太多（不看书我又能做什么呢？）而疲劳难当，我感觉到，必须马上停止这种状况、这种折磨、这种侮辱。我内心骤然升起清楚坚定的信心或决心，它如晨曦般清冷。"这苦得有个尽头，尽快想法解决。"当这念头清楚而坚定地呈现在我灵魂之前时，我脑海里最先出现的是每个神经衰弱的人特别痛苦时都会想到的办法。要走出这可悲的困境似乎只有两条路：要不就是我自杀，要不就是同荷兰人去拼个你死我活，将他制服。（此时他又在那儿咳嗽以显示威力了。）这两种想象虽说有点幼稚，但都不错，能使人得到解脱。带着典型的自杀者幼稚的感情结束自己："我割喉自杀，这是你们的报应。"这想象不错。另一种想象也不坏，就是不动自己，而把荷兰人给干掉，战胜他粗暴的活力。

消灭自己或仇敌的幼稚幻想很快就消失了。你可以在那里面沉浸片刻，可以暂时逃入愿望的虚幻之境，但它很快就凋零失色，魅力不再，因为在这迷宫漫游一会儿之后，这愿望就失去力量，而我也必须承认，这愿望只不过是片刻的精神兴奋，我并不真的希望把自己或者那荷兰佬消灭掉。只要离远一点儿就够了。我想使这距离形象化，于是起身开灯，拿起床头柜上的火车时刻表，不惜气力安排了一次完美的旅行，按照这安排，荷兰佬明晨一大早就动身，极快就回到家。这事使我得着一点儿乐趣，我看着他在阴郁可厌、凉飕飕的清晨起床，看着也听着他最后一次在64号房梳洗、穿靴，砰一声关上门，看着他在寒冷中叫车去车站，随即起程。第二天早上八点到达巴塞尔和法国海关人员争吵，在我想象中他离得越远，我就越轻松。不过，我的想象力到了巴黎就停顿了，早在送他到达荷兰边境之前那图像就整个粉碎了。

这是游戏。敌人藏身于我心，他是无法以如此简单、如此廉价的方式被克服的。要紧的并非对荷兰人的报复，而是取得一种宝贵的、正面的、符合我观点的对待他的态度。我的任务非常明确：我得停止对这个荷兰人的恨，我得爱他。这样一来，不管他吐痰或吵闹，我都有魔力保护而不至受伤。如果我真能做到去爱他，那么什么健康、活力对他都没有用了，只要他在我掌握中，他的形象就能纳入一体的思路中。对的！这目标值得去努力，好好运用这失眠之夜吧！

任务似乎容易，做起来却很难，我真的差不多用了整夜去完成它。我得使他变样，得改造他，把他从我仇视的对象、苦难的源泉铸造为我爱、我感兴趣、我关心的对象，视他为我的同胞。如果我做不到，如果我拿不出足够的热量使他熔解，好重新铸造，那么我死定了，那个荷兰佬会一直使我如鲠在喉，而我还将有许多日日夜夜得为此窒息。我要做的只是去实践"爱你的仇敌"这句名言。对《新约》中这些颇具有强制性的话，长久以来我已习于不看作道德约束或指令，不看作"你应

63

如何如何"，而看作真正智者友善的暗示，他向我们示意："试试按照格言所说的去做，你会惊讶于它对你产生的神奇妙用。"我知道，这些格言不只是道德的最高要求，它们蕴涵着灵魂快乐理论中最高层次、最聪明的部分，《新约》里爱的理论，除了许多其他意义之外，还可以理解为一种深思熟虑过的心灵技巧。这件事情再清楚不过，连最年轻无知的心理分析医生也明白，我要得到解脱，唯一的法子就是爱我的仇敌。

事情居然成了，他不再卡在我的喉咙里了，他熔解成别样了。不过这事不是那么容易就成功的，它花费了我深夜两三个小时时间，激烈而紧张。现在终于成功了。

我是这样开始的，我用心灵之眼看着我所惧怕的人，让他的形象尽可能清晰地出现在我面前，直到看见他的手和手上的指头，直到他的鞋子、眉毛和脸上的皱纹都不缺少，直到我见他完完全全在我面前，我内心完全占有了他，直到我能使他走路、坐下、发笑、睡觉。我想象他早晨如何刷牙，晚上如何入睡，看着他的眼睑慢慢沉重，他的脖子逐渐放松，他的头缓缓耷下。到此为止用了我一小时。这就是很大的成绩了。对诗人而言，爱一样东西意味着：将它纳入他的幻想之中，在那儿呵护它，使它温暖，同它游戏，用自己的心灵穿透它，用自己的呼吸激活它。我就是这样对待我的仇敌，直到他属于我，与我融为一体。如果他的脖子不是比较短，恐怕我还做不成这事，他的短脖子帮了我的忙。无论我让他做什么，穿衣或脱衣，穿短裤或大礼服，划船或吃饭，无论我把他变成什么人，士兵、国王、乞丐、奴隶、老人，或孩子，无论样子如何改变，他的脖子总是那么短，眼睛总是有点儿突出。短脖子是他的弱点，我得从这里进攻。我费了许多时间才把他变得年轻，变成年轻的丈夫、新郎、大学生、小学生。当我终于把他变回小男孩时，他的脖子第一次赢得我的同情。这种体质容易得哮喘病，当我见到这个健壮活泼的男孩的父母因此而担忧时，同情心油然而生。我在这同情的缓和之路继续走下去，无须多费工夫就创作出他未来的人生阶段。当我看到他十年后得了中风时，他身上的一切忽然一下子都参与了工作，那厚厚的嘴唇、下耷的眼睑、单调的声音都变得吸引人注意了，在想象的死亡到来之前，他的人、他的弱点还有他必然的死亡，使我同他如同兄弟般接近，我不再讨厌他了。我很高兴，给他合上双眼，我自己也闭上眼睛，天已亮，我因这夜里的创作而精疲力竭，有气无力地瘫在枕头上。

第二天白天和夜里，有许多机会证明我把荷兰佬打败了。不管他做什么我都不再受害，大声笑、咳嗽、精神抖擞地出现、隆隆作响地走路、拉椅子、说笑话，我全不在乎。白天我工作专心，夜里我睡觉踏实。

我取得很大的胜利，可惜没能享用多久，隔天他忽然离开了，这一来，他又成了胜利者，而我却奇怪地觉得失望，因为我得来不易的爱心和不怕受攻击变得无用武之地了。原先，我那样希望他离开，现在却为此而感到痛惜。

64号房搬进一位娇小的老太太，走路借助那种底部包了橡皮的手杖，我很少看见她，也难得听到她的声音。她是个理想的邻人，从不干扰我，从不会引起我的怒气和敌意。这些是我现在追忆起来才知道值得赞许的。当时有好几天之久新邻居颇令我失望，我宁愿要那个我终于喜欢上的荷兰佬做邻人。

恶劣的情绪

回想起我初到巴登疗养那几天的乐观态度，真恨不得对着镜子伸舌头，把自己嘲弄一番。我那时因为充满希望而欣喜，对疗养充满信心，幼稚之极，当时甚至以为自己较之他人还算年轻力壮，病情也轻，痊愈的希望很大，那简直就是轻浮无知还自以为是。最初几天里，我抱着游戏般轻松的心情对待一切，轻信巴登疗养地，以为我的坐骨神经痛没什么了不起，是可以治好的，轻信温泉、大夫、透热疗法、石英灯。天啊，幻想和希望哪儿去了，当初的我现在还剩下什么！初到时的我，身板挺直，动作灵活，善意微笑，为自己而陶醉，手中把玩着马六甲手杖，轻松愉快踏着舞步走在那条通往底下疗养住所的路上。现在想来，我那时简直像只猴子。是的，我当时用以装饰自己而玩弄着的哲学，就像那把马六甲手杖一样的乐观哲学，那光滑无瑕疵的、能适应的、善于处事的哲学，到哪儿去了！

这把手杖现在还没有变样。疗养地的师傅昨天还建议为我那漂亮的手杖装上可恨的橡皮箍，被我一口拒绝了。但是，如果明天他再次提议，我说不定就接受了，谁知道呢？我疼得厉害，不但走路时疼，连坐着也疼，所以从前天起我差不多都躺着。早晨从浴池出来的时候，那两小级石阶就是重担，我喘着气流着汗，抓住扶手把自己拖出水池，连把浴巾披上身的力气都没有，瘫倒在椅子里，坐上一会儿才能动作。穿拖鞋穿睡袍都是不得不做的苦事，走到硫黄泉眼，再走到电梯，从电梯口走回房间，这是一段艰难困苦疼痛而无尽头的旅程。在这清晨的旅程中，我需要各式各样的帮助，我扶着浴池管理员，抓住门柱和每一根栏杆，摸索着墙壁，我的腿和我的背以沉重而沮丧的半游泳姿态向前移动，顾不得样子多难看，我曾注视着那位也是如此走路的老太太（这才是多久以前的事啊！），带着幽默的同情把她比为海狮。曾几何时，这轻浮的玩笑成了报应，发生在自己身上了。

每当早晨坐在床沿为着弯腰拿鞋而畏惧时，每当泡过温泉浴疲惫欲死靠坐在浴室的椅子上快睡着时，我就回想起还在不久前、还在几星期前，我一起床就精力充沛做起深呼吸，缩腹挺胸，呼吸通畅，节奏均匀，把堵塞在肺里的气全都呼出。那肯定是真的，可是我简直已经无法相信，我曾伸直膝盖、双腿笔直、脚尖点地、富有弹性地站着，我曾经能够做很低的屈膝运动以及一切美妙的体操！

当然，一开始他们就说过可能会发生这种反应，泡温泉浴很耗精力，疗养初期有些病号的病情反而会加重。我听后点了点头，心想既来之则安之。真没有料到疲惫的程度如此可怕，疼痛的程度如此激烈，又令人沮丧。八天之内，我成了一个老人，只能在屋里或花园里找个椅子坐坐，每次起立都费很大气力，根本上不了楼梯，而进出电梯也得有电梯服务员搀扶。

外界也有许多不如意的事。苏黎世近在咫尺。几个要好的朋友就住在那儿，他们知道我生病在这儿疗养，我路过苏黎世去拜访他们时，有两位还答应来巴登探望我。但是到现在为止并没有人来。都怪我自己幼稚得无可救药，相信他们会来，而且还因此高兴。不，他们当然不会来，他们多忙我是知道的，他们这些可怜的烦恼的人，我知道他们从剧院、从饭馆受邀请回去后，多晚才上床，我真是笨，未曾想到这一层，像个小童似的期待着，以为人家会高兴来探望我这又病又无趣的人。我老是预设一些极不可思议的事，期待一些极为过分的事，才刚认识一个人，对他有好感，我就立刻相信他是最好的人，而且还要求他是这样的人，如果事情不如我所想，我就从梦幻中醒了过来而十分苦恼。就比如同住这旅馆的一位貌美年轻的女士，我同她交谈过几次，对她颇有好感。可是她谈起几本很差的消遣小说，告诉我那是她最喜欢的书时，我吓了一跳，不过我很快就告诉自己，作为专门从事文学工作又精通文事的人，我不该要求别人也有这方面的知识和判断力。我咽下这些书目，觉得自己不对，继续相信这位女士是最好最高尚的人。而她昨天晚上在大厅那边却干了谋杀的勾当！她，这样一位适意欢快甚至还算是漂亮的女人，在我面前定不会打孩子，不会虐待动物，却当着我的面用她生疏但有力的手在钢琴上把一首18世纪的三步舞曲以一种欢快纯真的表情给强暴了，给谋杀了！我惊愕万分，心里感到悲哀，羞得脸通红，可是没有其他人注意到发生了多可怕的事，我完全孤独地怀着这愚蠢的感觉坐在那儿。我多渴望我穴居的孤独生活，我根本不该离开它，那里虽然满是艰难困苦，我却不必听钢琴，不必听人谈文学，不必陪坐在有教养的人身旁！

　　我对整个疗养、整个巴登厌烦透了。我们旅馆多数疗养客并非初次来此，许多客人来过六次或十次，根据概率我应该会同他们一样，也就是同所有新陈代谢出问题的人一样，病情会一年比一年严重，慢慢会知道病不可能痊愈，会采取一种比较有节制的方式，就是每年来此地做一次疗养，暂时减轻一点痛苦。大夫自然不会改变他的保证，不过，那是他的职业，而我们病人外表看来也很好，给人以极佳印象，身体上归功于这儿的美食佳肴，肤色上则归功于石英灯，石英灯以十分健康的褐色装扮我们，使我们看起来精神抖擞，像在高山区度过假一样。

　　在这种温泉疗养懒散而松弛的氛围中，一个人的德行也会败坏。我原有几样经过几年的努力而养成的斯巴达式好习惯：做呼吸运动和体操，偏好清淡食物，这些习惯都丢失了，而且还是医生公开赞同的，我初来时喜欢观察和工作，这些兴趣也几乎消失殆尽。我并非可惜这篇温泉疗养心理学写不好，相反，它原不是艺术品，只是一种消遣，为了每天使眼睛和手关节得到点运动。但就是这一点也被惰性打败了，我用的墨水减少了。幸好还有打败荷兰佬的记录，虽然那花了我太多的精力，但如果没有这个胜利，我就真的得确认自己的堕落和腐败了。在好些事情上，我还真的不得不这么认为。最主要的是我被一种惰性、一种恶劣情绪引起的懒散控制住了，这使得我不想做任何有益处的事，特别是体能上得费气力的事，即使费力很少，我都不愿意动。连小小散一下步我都懒得去，吃过饭、泡过温泉、理疗后，我就几小时几小时地躺在床上或躺椅上，至于精神状态怎么样，以后定可以从这篇可笑的随笔中清清楚楚看出来，这是我用剩余的一点儿责任感，时不时让自己苦恼一小时写的。除此之外，我整个人就是个完完全全的懒汉，只有惰性、无聊和睡意。

我还得承认一件更为可耻的事。我不工作、不思考，几乎不读书，精神上肉体上完全堕落，这已够糟了，可是还有更糟的事。我开始陷入疗养客生活里肤浅、愚蠢、死气沉沉、寡廉鲜耻的一面了。比如，午餐时，我把那些美味佳肴都吃了，不只是为了好玩跟着人家吃，而且保持着高人一等或至少是讽刺的心态，不是那样，而是每日两餐狼吞虎咽，把菜单上精美丰盛的食品一扫而光，虽然一点也不饿，却像肥胖讨厌的资产阶级那样、像无聊的人那样，忍不住成为饕餮，狂啖大嚼，晚餐

71

时还常喝点葡萄酒，睡前又喝一小瓶啤酒，而我原已有二十年不喝啤酒了。初时，我喝它是为了帮助睡觉，这是他们这儿推荐的，可是现在我却因习惯也因贪嘴而喝了。一个人学坏事和蠢事学得那么快，那么容易就变为一条懒狗、一头肥猪，真叫人不敢相信！

　　但是我染恶习的本事还不止于吃喝、不止于无所事事和睡懒觉。我精神上的娇惯和懒散不亚于肉体上的。我从不认为可能的事现在发生了：我回避一切费力、崎岖、危险的途径，不只在精神上，而且还自动投入那些乏味、反常、愚蠢的表面华丽内容贫乏的娱乐中，而那是我一向唯恐避之不及且极为厌恶的。我有时看不起资产阶级和城市人，批评我们的时代和文明，就是因为这种现象的存在。如今我的水平和一般疗养客差不多，对某些消遣我不但不回避不厌恶，还自动找去跟着玩。我看，过不了多久，我连疗养旅客的名单也会拿来阅读（阅读旅客名单也是病人的一项娱乐，这是我最无法理解的事），会整个下午同米勒太太聊她的风湿，聊有哪些草药可以治风湿，还会把一些新娘新郎或甜菜人明信片寄给朋友们。

　　我曾长时间小心翼翼避开此地的音乐会，现在却经常去了，像其他疗养客一样坐在那里，听着流行音乐从我面前流过，带着一种适意的感觉，听着、感觉着一段时间跟着流逝，时间，我们疗养客有的是。偶尔，音乐本身也令我喜爱着迷，那纯粹是出色的乐器演奏给感官带来的快感，乐曲的性质和内容都进不了我的意识。对于肤浅的音乐我向来十分反感，连乐谱手稿和演奏方式我都讨厌，如今我可以毫不难受地听到结束。我一刻钟，有时半小时，姿势很差人又疲乏地坐在一大群人中间，像他们一样听任时间流逝，像他们一样做出无聊的表情，像他们一样有时无意间抓抓脖子，把下巴靠在手杖上，或者打哈欠。只有短暂的几次瞬间，我的灵魂会像荒原上的野兽醒过来时发现自己被关在笼里那样，猛然抽搐一下，似受惊、似反抗，可是很快就又打起盹来，于是继续睡、继续梦，无意识地，不带着自我，因为我一坐上这音乐会的椅子就同自我分离了。

现在，当我自己完完全全成了群众的一分子、一个普通的疗养客、一个无趣又老是疲乏的小市民时，我才感觉到，在这随笔第一页我装腔作势把自己当作有正常思考方式的正常人，是多么可笑、多么轻率。当时这么做有着讽刺意味，现在，当我真正属于这标准的世界，失去灵魂坐在大厅里吞咽着流行音乐，就像人家喝着茶或皮尔森啤酒那样，我才又感到我对这世界的痛恨有多深、多真切。因为现在我恨的、鄙视的、嘲讽的是这世界中的我，再也不是其他的什么了。不，同这世界结盟，从属于它、在它那儿表现自己的价值、自我感觉良好，这可不是我要的，是不能容忍的，对于我所熟知并且有幸得以参与的好的、神圣的事物和观念，这是罪孽。目前我情绪坏到这种程度，纯粹就是因为我在这一点上负了罪，我与这尘世结了盟约，接受了它！然而，我逗留在这罪恶中不思改变，惰性比我的洞察力更强大，闷塞而肥胖的肚子比柔弱多愁的灵魂更有力。

现在我有时也参与疗养客之间的聊天，饭后在走廊上我们随便聊，大家对政治和货币状况、对天气和疗养、对生活艺术和家庭烦恼，意见一致。年轻人需要权威的管束，让他们偶尔碰点钉子吃点苦头不是坏事，还有许多类似的看法，肚子里装满了佳肴，对这些我想都不想就全同意了。偶尔灵魂抽搐起来，嘴里的话就变得苦涩，于是我不得不立刻不顾一切地跑开，去寻找孤独（它在这儿是多难找到啊），可是，总的说来，精神上我也负罪了，参与愚蠢无聊的闲话，懒惰而不假思索地对什么都同意。

我在这里还习惯以电影作为消遣。已有好几个晚上消磨在电影院里，第一次进电影院是为了想一个人待着，不必听人说话，还为了逃避荷兰人的魔咒，而第二次进去则已是去轻松一下，为了过一过消遣的瘾了（以前我的字典里没有"消遣"这个词，而现在我已习于用它了！）。我去了好几回，因为影像悦目、受了诱惑而变得感觉迟钝，居然容忍自己看那令人毛骨悚然的伪剧假艺术，听那可怕的配乐，不但如此，我还忍受了电影院里对身体和心灵都有害的气氛。我开始忍受一切，吞咽下一切，包括最蠢最丑的事物。我在电影院一坐坐上几小时看一部电影，看女皇、剧院、马戏、教堂，看古罗马斗士和狮子、圣徒与太监，我容忍了他们为了可笑的目的把最高价值和标志全拿出来，王位和权杖、法服和光环、十字架和帝国之球，还有人类灵魂各式各样的状况和能力，以及上百的人和动物，都为此被放在橱窗里展示，而这些原本华丽的夸示又被没完没了无可救药的解说词弄得一无是处，被坏编剧毒杀，被没心没肺没头脑的观众（包括我在内）弄得全无品位，变成集市。好些时候实在受不了，我多次想起身走掉，可是，坐骨神经痛的人可没那么容易说走就走，于是我留下，把这些乱七八糟的东西看完，我猜，明后天我仍会到那儿去。如果不承认看电影也能看到点好东西，那就有失公允了，我看过一位法国杂耍演员的表演，他真是位幽默大师，他想到的点子比大多数作家要好。我埋怨的、令我恼怒厌恶的，不是电影院，而是我自己这个看电影的人。有谁强迫我去忍受那可怕的音乐，听那愚蠢的解说词，听群众，我那些更加无辜的弟兄的高呼狂叫？在那部大片里，我看着十几头雄伟威风的狮子，在两分钟内被杀害，成为僵硬的尸体，被人在沙地上拖曳着，听着一半的观众对这残忍悲伤的场面开怀大笑！是不是这儿的温泉里有什么东西，比如某种盐、某种酸、某种碱，把人都变成一个样了？使得他们无法靠近一切高贵的、高尚的、有价值的事物，而对一切低下的、凡俗的事物则大开绿灯。我呢？我屈服了，觉得很羞惭，发誓回到我的独居生活后要好好完成几个心愿。

这还不是全部新染上的道德堕落和恶习。我还学会了赌博，常紧张而兴致勃勃地在绿桌子旁下赌注，也玩老虎机，可惜因为钱不多，不能真赌，不过能拿出多少我就赌多少，有两次运气不坏，玩了一小时，最后只输了一两个瑞郎。这样玩自然体验不到赌的真正滋味，不过我总算也尝了这禁果，我得承认，我玩得真快活，并且不像我听音乐、与人聊天、看狮子被害那样觉得良心不安，反而觉得这里面那么点被责骂耻笑、那么点反资产阶级的东西很适合我的口味，不能把赌注下大一点，真是十分遗憾。

赌博令我激动的原因大约是这样：我先在绿色桌旁站一会儿，看着桌上一格格的数字，仔细听转轮盘人发出的声音。他喊出轮盘上小球选出的数字，这数字一秒钟前还和其他数字一样笨拙而不为人知，现在它容光焕发出现在转轮盘人的声音中、在它滚入的小孔里、在听众的耳朵里。4、6，或者3，数字喊出来后，它就不但在我耳里和意识里、不但在圆锥形的滚道上，而且也在赌桌上意气风发地展现英姿。如果转出的数字是7，那么有几秒钟长的时间，在属于它的绿色格子上，这个僵死的黑色号码7就会光芒四射，使得其他数字相形失色，因为其他数字仅仅是可能性，只有它转变成功了，只有它是现实。等待着可能性成为现实，参与这个过程，这大概就是赌博的灵魂。我看了、听了几分钟便开始被吸引住，可爱而激动的时刻到来了：喊出来的是6，我一点也不惊愕，这数字来得正对，那么自然真实，好像是我在期待它的来到，好像是我呼叫它出来，是我把它做出来，是我创造了它。从这一刻起，我就参与了赌博，追踪着命运，和偶然成了朋友，我必须承认，这是种令人极为愉快的感觉，这也就是赌博吸引人的精髓所在。我听见7，再听见1，又听见8，这些数字不令我惊讶不令我失望，相信我等待的正是它，于是接头成功，我可以把自己交给它了。现在我盯住绿色桌面，看着那些数字，被其中一个（或两个）吸引住，听到它轻轻呼叫，见它轻轻招手，于是用我的瑞郎在这个数字上下注。如果出来的不是它，我并不失望，仍然被吸引住，我可以等，我的6或9一定会出来，等了一两次，它真的来了。赢钱的一刻真是美妙。你呼叫了命运，把自己交给了它，你相信自己与伟大的奥秘有了联系，有种与它为盟为友的预感，而这果真不假，事情已得证实，奇迹出现，预感成真，万能的幸运之球选中了你的数字，转轮盘的人喊出这个数，庄家老远抛过一把闪亮的银币给你。这真是美妙无比，这是一种纯粹的快乐，而这与钱的关系不大，我所赢的钱一个子也没存下，赌博把它吞个精光。然而赌赢时的美妙时刻，那种发自内心的童稚的满足感，此刻仍然毫不减其光彩，和当时一样可贵，每一次都是挂得满满的圣诞树，每一次都是奇迹，每一次都是节日，而且是灵魂的节日，是对生命里最深处本能的认可和提升。当然，我们可以在一种更高的层面上，以一种更高尚、更细致的形式体验这种奇妙的快乐：对生命的深刻认识的闪光时刻、内心得着胜利的时刻，特别是创造力喷涌的时刻、发现的时刻、思想突然闪亮的时刻、艺术家摸索到合适的表达形式的时刻，所有这些高层领域里的体验和赌赢时的体验很接近，就如物和像一样。但是，即使是幸运的人、有福的人，要经历到那种高贵的神性时刻也是多么不容易，在我们这些疲惫的后生之辈心中何时又能升起能够与儿时那种强烈美妙的欢乐相比的满意、予人以满足的快乐感！赌徒追逐的正是这样一种快乐的体验，虽然表面上他想的是赢钱。他追逐的其实是我们平淡生活中难得一见的欢愉的极乐鸟，赌徒目光中那种热烈的向往是对着它来的。

运气时而会离开，只有片刻的时间内我能和它同在，好像自己就在滚动的小球里，赢了，一种美妙激动的感觉流过我全身，使我战栗。顶点被跨过了。我口袋里装着一大把赢来的银币，继续下注，逐渐变得没有什么把握，跳出来的数字有1，有4，这令我惊愕，它们仇视我、取笑我。现在我感到不安、感到害怕了，对一些我没有预感的数字下注，犹豫不决，不知道该下注单数还是双数，但仍然不由自主地玩下去，直到赌本输光为止。就在赌的过程中，并非后来，我已感受到比喻的深刻性，我在赌博中见到生命的真相，生命的运行如同赌博，不可知的、不受理智约束的预感把最强有力的魔力赐给我们，它释放出最大的力量，而当直觉减弱的时候，批判和理智就参与工作，洗涤抗争一阵子，最后该发生的就发生了，完全没有我们的参与，完全不顾及我们。当赌徒跨越了顶点，他的直觉逐渐减弱的时候，当再也没有直觉、没有深深的信仰能力领着他的时候，他就和一个人遇到生命中的重大问题而不知所措时完全一样，不安静等待、不把眼睛闭上，而是拼命计算、拼命扑腾、过度依赖理智解决问题，这时的所做一定是错的。绿色轮盘赌桌上最有把握的一项游戏规则是：如果你见一个赌友已疲乏，又屡遭坏运，他一下子连续几次下注某个数，又一下子连续几次下注另一个数，最终却撤出了这个阵地，那么你就选他一直围攻不下而惘然罢手的那个数，这个数肯定会出来的。

赌钱的事和疗养地的其他娱乐消遣完全不同，绿色桌旁没人看书聊天，没人像在音乐会或公园里那样织毛袜，没人打哈欠抓脖子，风湿病人甚至不坐下，是的，他们站着，长时间勇敢地苦苦站着，用他们平时小心翼翼保护着的腿站着。赌场里没有人说笑话，没有人谈论病情或庞加莱[1]，也几乎没有人笑。围着赌桌观看的人群神情严肃，说话声音放得很低，报数员的声音郑重低沉，银币在绿色桌上轻轻相撞发出的声音也很低沉，在我眼里，赌场里这种肃穆庄严的氛围，使得赌博较之其他娱乐有无可比拟的优点，其他娱乐活动中，人们总是那么吵闹，那么粗俗，那么纵情。而赌场里却弥漫着隆重的节日氛围，客人踏进赌场像踏进教堂，一个个都很拘泥很安静，他们只敢低声说话，虔诚地仰望着那穿燕尾服的先生，他的举止堪

---

[1] Henri Poincaré（1854—1912），法国数学家，在数学、数学物理和天体力学等领域均有所建树。

称典范，他不代表个人，而代表一种职位、一种头衔。

这节日氛围和美好舒适的庄严肃穆之所以存在，一定有其心理学上的缘由，但我无法在此就这一点展开探讨，我老早已不存幻想，不再以为我的温泉疗养心理学除了探讨我本人的心理，还能有其他作为。我猜想，赌场里那种充满庄严虔诚、近乎神圣的景仰的气氛，它的来源其实很简单，这儿涉及的不是音乐、戏剧或其他无关紧要的事，而是钱，是人们认为最重要、最神圣也是人们最喜爱的东西。不过，我不打算在此讨论，这不是我要谈的问题。我只想指出，赌场里弥漫的气氛带着一定的崇敬成分，而这在其他民间玩乐中是找不到的。电影院里，观众会毫不犹豫地以语言或其他方式表达他们的喜怒，在这儿，甚至表演者本人，也就是赌徒，即使在最激动、最有理由表现感情的时候，在输钱或赢钱的时刻也深感必须表现出风度和尊严。我见过有人平时打扑克输了两毛钱就面红耳赤，破口大骂，而他们在这儿输了百倍以上时连眼皮都不眨一下，其实我不该这么说，因为他们的眼皮眨得很厉害，但他们不作声，不说脏话滋扰周围的人。

虽然赌博这事看来对人有益处，我对它也有好感，不过我也思考过它的另一面，事实上，我亲身经历了它阴暗的那一面。国民经济学家常满口仁义道德反对赌博，他们的理由在我看来实属无关紧要。他们认为，赌博的人赢的时候钱来得容易，因而便有可能看轻工作的神圣性；再则，他们有输掉全部家当的危险；第三，他们常见圆球和银币在桌上滚动，久而久之，便可能失去市民经济道德的基本概念，即对钱无条件的尊重。这些说法当然都没有错，不过我认为事情并不那么严重。在我这心理学者看来，心灵病痛很深的人，如果一下子失去他的钱财，一下子动摇了他对钱的神圣性的信仰，这对他绝非不幸，反而是他唯一有效的救赎。我还认为，在我们今天的生活中，喜好瞬间的游戏、对偶然性持开放态度、信托命运，这些与对金钱和工作的崇拜相反，是值得我们追求的，也是我们过于缺乏的。

在我看来，赌博的缺点、使得赌博最终会成为罪恶的，纯粹是灵魂方面的事。据我个人十分愉快的经验看，每天有二十分钟消磨在轮盘边上，放松自己，让自己沉浸在赌场里似真非真的氛围中，是很令人振奋的。这会使一个无聊、疲惫而且空荡荡的灵魂神清气爽，是我试过的最好的清凉剂。缺点在于（赌博的缺点和令人舒服的酒精的缺点相同），赌博时，那种舒服的激励鼓舞来自外界，而且是纯机械性和物质性的，这样危险性就很大，因为信赖这种行之有效的振奋机制，人就会疏忽自己精神上的锻炼，最终会失去精神的活跃性。如果只让轮盘机械地把我们带动起来，而不经由思考、梦想、幻想和沉思使灵魂活跃，那就如同我们又洗温泉浴又让师傅按摩，自己却不主动锻炼身体，也不做运动。电影使人兴奋的机制与此相同，都是骗局，它纯粹以物质喂养眼睛，而不让眼睛本身参与艺术性的工作，去发现、去挑选、去捕捉美丽和有趣的事物。

我们的身体除了按摩，还需要锻炼，同样，我们的灵魂除了赌博和其他那些刺激（或无需它们），更加需要主动做点事，有自己的贡献。所以说，任何一种能使灵魂活跃的锻炼都比赌博好上百倍，比如：紧张而严格认真地练习思考和记忆、闭目回忆见过的事物、夜晚重温一遍白天的作息、自由联想、自由幻想。我加上的这些话，是想说给为民众着想的朋友听的，或许也为了纠正我刚才门外汉般所做的暗示，因为在这方面，在纯粹心灵的体验和教育方面，我不是门外汉，而是个真正的老手，一个过于老到的专家。

我又离题太远了，看来这篇散记就是逃不了这种命运，它没有能力把一个问题从头到尾写清楚，而是把一连串的想法缀在一起，想到什么说什么。不过，我想，这或许也是温泉疗养客心理学的一部分吧！

为了替赌博唱赞歌，我跑题跑得很远，离开了我那不愉快的话题，我很想继续把赞歌唱下去，因为回到主题去对我是件难堪的事。可是，该做的事还得做。让我们回过来谈疗养客黑塞吧，让我们再来观察这位变得好逸恶劳的先生，他年岁不轻，看起来很疲惫，对什么都没有兴趣，走路一瘸一拐的。这个人引不起我们的好感，我们不喜欢他，我们不会愿他长命百岁，更不希望他长生不老，他的生活不足以成楷模，也乏善可陈。如果有一天他从舞台上消失，我们也不反对，反正他扮演的早已不是令人愉快的角色了。假若有天早晨，他因为太疲倦了而滑进水里，再也起不来，我们也不会感到痛惜。

我们对上面所说的黑塞如此不感兴趣，这是因为我们所谈论的是他目前扮演的角色，他暂时所处的状态。他的情况会改变，用一种新眼光看待他，他就完全不同了，我们不该无视这种永远存在的可能性。这种多次被经历过的奇迹随时会出现。我们对疗养客黑塞摇头叹息，眼看他就要沉沦毁灭，不过不要忘记，我们所理解的毁灭不是指肉体的消失，我们只能在转化这一层意义上理解毁灭，因为信仰神、信仰一体性是我们一切思想的基础和土壤，也是我们心理学的根基，而经由恩典和认识之途径，即使在最灰心丧气的情况下，一体性也还是能够完全复原的。只要能够踏出一步，即使是踏经死亡的一步，就没有一个病人不能痊愈、不能恢复生命力。同样，只要踏出一步，即使是经由断头台的一步，就没有一个罪人不变清白、恢复神性。一个人，就算他再忧伤、再越轨，表面上再无价值，只要恩典向他招手，他就能够即刻重生而成为一个快乐的孩子。写作以及阅读这篇散记时，但愿我的这一信仰、这一知识永不会被忘却。如果作者本人不是始终心知肚明，知道一体性的存在，确知它是不可磨灭的，它会在另一边起平衡作用，那么他真的不知道何来勇气、资格和胆量去面对他的批评和情绪、他的悲观和心理学。相反的，我暴露越多、走得越远、批评得越彻底，我对待情绪的态度越灵活、越听从它指挥，那么另一边的和解之光就更明亮。如果没有这无限的、一直起伏变动着的调整，我何来勇气，去说一个字、做一次判断，去感受和表达爱与恨，我又何来勇气生活？我连一个钟头也活不下去。

康复

疗养就快结束了，谢天谢地，我好多了，结果不错。曾有一星期之久我完全迷失，情绪十分低落，只有病痛、只有困乏、只有无聊以及对自己的厌倦。差一点我就叫人给手杖装上橡皮箍，差一点就会阅读旅客名单，差一点就会在音乐会坐上一两个小时，晚上不只喝一瓶啤酒，而是喝两瓶。差一点我就会在赌场把全部现金输光。事实上我已经与同在餐厅吃饭的病友有点儿交往了，他们是一些和蔼可亲的人，我很尊敬他们，如果我不是犯了我以前常犯的错误，老想在谈话中有所收获的话，真是可以从他们那儿学到一些东西的。但与人谈话总是毫无意思、令人失望，如果谈话伙伴不是与你灵犀相通的话。加上每当陌生的人找我聊天时，他们总认为我是专家，他们得多谈点文学艺术，当然说出的话就毫无意思了，于是，你认识了你认为最有意思的人的另一面，觉得他和其他百分之九十的人并无差别。

疼痛，加上坏天气，连续感冒（现在我才明白那位荷兰老兄为什么总在感冒），还有疗养之困倦，弄得有一连串日子真的很糟。不过人生总是这样，忽然有一天这样的日子就到了头。那天，我实在受够了，整天躺倒在床，连每日的必修课温泉浴也不想泡了。我罢工了，就这么躺着，只有一天之久，第二天就好起来了。开始转变的这一天很值得纪念，它来得那么突然，令人惊喜。人真是能够应付任何环境的，连最不能忍受的逆境也应付得了，只要他愿意，就这样，即使在最沉闷寂寞、最沮丧的疗养日子里，我也确信，有一天我会从这泥淖中爬出来的。爬出来，缓慢而艰苦地战胜外在环境，逐渐寻找、发现理智的态度，就我所知，这是永远行之有效的途径，这是非常可行、非常值得推荐的理智之路。就我自身的体验，我知道还有另一条路可走，那不是寻找，只是发现，它是一条幸福、恩赐、奇妙之路。这样的奇迹居然降临我身，我不必艰难而风尘仆仆地奔波于理智的道途上，不必经由有意识的训练而能够在铺满鲜花的恩赐之路上添翼前进，这原是我不敢盼望的。

我决定从麻木状态中振作起来继续日常生活和疗养的那天，虽然是休息得差不多了，可是我的情绪一点也不好。腰酸背痛、脖颈僵硬，很艰难才起身，很艰难地走去电梯，走到浴池，又艰苦万分走回来。中午到来的时候，我一点胃口也没有，毫无情绪地慢慢走去餐厅，这时，我忽然觉察到自己的存在，我忽然不只是拖着沉重的腿一脸落寞走下旅馆楼梯的疗养客黑塞，同时还是我本人的观众。就在楼梯上我忽然分裂成两个人，一个注视着我自己，看着这个没有胃口的疗养客缓慢走下楼梯，看着他的手搭在楼梯扶手上，看着他经过笑脸迎人的领班面前走进餐厅。以前我曾多次有过这种经历，现在它在这恼人的时候忽然出现，我把这当成一种好兆头，我欢迎它。

餐厅又高又亮，我坐到我那张离人较远的小圆桌旁，同时观察着自己，看着我如何坐下、如何把屁股下的椅子移得合适一些，因为弄痛了自己而轻轻咬住嘴唇，又看着我如何机械地拿起桌上的花瓶靠近移一移，犹豫不决慢慢地把餐巾抽出环套。其他客人一个个来了，像《白雪公主》里的小矮人一样坐到他们的小桌旁，把餐巾从环套里抽出。我观察的对象主要是疗养客黑塞。他相当克制自己，不过脸上带着厌倦的表情，他往杯里倒了点水，掰下一小块面包，这些动作只为打发时间，因为他并不打算喝水或吃面包，他百无聊赖地用勺舀着汤喝，神情麻木地把目光扫向餐厅里其他的桌子，又移到墙上的风景画，他看着餐厅领班快速穿梭在大厅里，还看着黑衣白围裙的漂亮女招待。客人有的结伴，有的成双成对坐在比较大一点的桌前，大多数人则像他一样单独坐在那儿，都有一张克制而带着厌倦表情的脸，慢慢往杯里倒水或葡萄酒，掰着面包，神情麻木地看着其他桌子，看着墙上的画，又看着匆忙的领班和黑衣白围裙的漂亮女招待。墙上美丽的画友好而有点儿不好意思地痴等着人看，天花板上四个大象的头善意而无拘无束地向下看着，这是一位不知名装潢师的杰作，这样的画我以前非常喜欢，因为我崇敬印度诸神，看着这些象头，就好像看见我所尊敬的象头神。看着天花板上的象时，我常思考一些问题，小时候大人告诉我，基督教的优点主要在于它非多神教，也没有偶像，当我越来越年长、越来越懂事时，我却认为，这正是基督教的弱点，除了美丽的圣母像之外，它没有其他的神和神像，我希望使徒不是一本正经又使人有点害怕的传道者，而是威风有力，并且有自然物象作为他们的标志，我觉得福音书著者的动物标志[1]是一种代替品，虽然不够，也比没有要好些。

那个看着我和别的客人的人，看着黑塞无聊地吃着饭、看着其他客人无聊地吃着饭的人，不是疗养客、不是坐骨神经痛患者黑塞，而是原先的老黑塞，那个不合群的隐士、怪人，那个习于漫游的诗人，蝴蝶、蜥蜴、旧书以及宗教的朋友，那个坚决与人世间对立、去警察局办个户籍证明或者填张人口普查表就要了他的命的老黑塞。这个老黑塞，这个近来变得有点陌生、已经遗失了的"自我"，现在重新出现了，他看着我们，看着一点胃口也没有的客人黑塞毫无兴趣地把弄着刀叉，把鲜美的鱼弄成小块，一口一口往嘴里送，虽然他根本不饿，看着他毫无必要、毫无意义地把桌上的杯子和盐罐挪来挪去，他的脚一会儿伸直一会儿屈起，同其他客人的举止毫无二致。他看着领班和漂亮的年轻女招待如何细心地为这些感到无聊厌倦的

----

[1]　在传统基督教美术中，《新约》中四部福音书的作者马太、马可、路加、约翰分别以人、牛、狮子、鹰作为象征，代表基督的降生、牺牲、复活和升天。

88

客人服务，把那么多东西送上桌，虽然没有哪个人肚子饿。他又透过餐厅那高高的庄严的弧形窗向外看去，只见闲云飘过天空，那儿是另一个世界。这位神秘的观众看着看着，忽然觉得这一切实在稀奇、滑稽、可笑，或者还有些神秘可怕，这群可怜僵化的蜡像人，黑塞，还有这些疗养客，这无聊的一群人。他们并没有真的在生活，这真是太可笑、太无稽了，这是演戏，那么隆重而毫无意义的戏，这一大堆美味佳肴，这一大堆瓷器、玻璃杯、银餐具、葡萄酒、面包、侍者，只为了几个早已饱餐的客人，而他们的无聊和忧愁是无法以佳肴美酒去排遣的，飘过天空的浮云也帮不了他们。

现在疗养客黑塞拿起杯子放到嘴边，他并没有真的喝水，只是因为不知道做什么好才拿起杯子，于是这餐饭又添了一样新的机械性假动作，正当此时，两个"我"，吃饭的我和观察的我合为一体，我不得不赶快把杯子拿开，因为心里忽然有大笑的冲动，有一种幼稚的快活使我激动，我忽然看透这整个情况是如此荒诞不经。这大厅里满是病恹恹、懒洋洋、闷闷不乐的被惯坏了的人（我假设别人的心态和我相似），有好一会儿，我觉得这种形象是我们整个文明生活的殷鉴，这种生活缺乏强大的推动力，它身不由己地在既定的轨道上滚动，毫无乐趣，与神没有关系，与天上的云彩没有关系。有好一会儿，我想到千百个类似的餐厅，想到上万的咖啡馆，那儿弥漫着失掉原味、甜腻腻、淫靡靡的音乐，大理石桌上有咖啡痕迹；我又想到许多旅馆、办公室，想到一切我们人类生活于其中的建筑物、音乐、习惯，所有这些，如同我无聊无赖把玩着刀叉的手以及在大厅里毫无意义地游移着的淡漠目光，一样没有意义、一样没有价值。不过，有一会儿，这一切在我看来并不可怕可悲，只是万分可笑。我们只需一笑，魔咒就解开，机制就打破，神、鸟儿和云彩就会进入我们这死气沉沉的大厅，于是我们便不再是餐厅里愁苦的疗养客，而是神的客人，坐在世间多彩多姿的餐桌前。

心里被一阵大笑震撼着、冲击着，我赶紧把杯子拿开。用了不少气力我才压制住这大笑的冲动，使它没有爆发出来。儿童时代我们常有这种经历，坐在餐桌前、教室里或教堂内，我们想大笑，笑意已经挤到了鼻子和眼睛，笑的理由那么充分，而我们不能笑，只有强忍住，因为师长、父母、纪律、规则不准我们此时发笑。我们非常不情愿地服从了老师、父母，但我们当时感到很惊讶，不明白为什么，如今依然惊讶，如果他们视为权威的纪律、秩序、教义和伦理道德背后是耶稣的话，耶稣不是特别喜欢孩子的吗？难道他真的只祝福模范儿童？

不过这次我也克制住了自己。我静静地坐着，只感觉到笑要从喉咙冲出，鼻子也痒痒的，真渴望有个小小的通风口、有个合法的出路，否则真要窒息了。能不能在领班走过时在他腿上拧一下，或者拿杯里的水泼到女招待身上去？不，这是不允许的。这和三十年前的情形如出一辙。

我这么想着并且快要笑出来的时候，目光正好落在邻桌一位不相识的女士身上，她面带病容，头发花白，手杖就靠在旁边的墙上，她把玩着餐巾环，因为现在正是两道菜之间的空当，我们每个人都在做点习惯性动作以打发时间。有个客人猛翻着一份过期的报纸看，谁都清楚，报上的事他已了如指掌，但他仍然一再把总统生病的消息和关于加拿大某个学术委员会工作的报道吞咽下去。一位老小姐把两小包药粉和入杯里，准备饭后吃。她看起来有点像童话里叫人害怕的老巫婆，她们总是配迷药害人，害比较漂亮的人。一位穿着高尚、面带倦容的先生，像屠格涅夫或托马斯·曼小说里的人物，颇有风度、十分忧郁地望着墙上的风景画。最叫人高兴的是我们的女巨人，她的坐姿无可指摘，她的情绪永远良好，她面对空盘子坐着，看起来既不恼怒，也不无聊。在她对面，那位皱纹深脖子粗的严厉卫道士坐在那儿，如同整个陪审法庭压在椅子上，脸上的表情就像他刚宣判了自己儿子的死刑，事实上他只不过刚吃了一盘芦笋。凯塞林先生今天看起来仍然纯洁红润，不过倒也显出一点老态，还带些晦气的样子，看来他今天运气不佳，就连他娃娃脸上的酒窝好像也是多余的、不确实的，像他上装口袋里的刺激性画片一样，派不上用场。这一切多奇怪、多滑稽啊！为什么我们大家都这样坐在这里傻等？我们既然老早就不饿了，为什么还坐在这里等下一道菜？为什么凯塞林用一把小小的梳子梳他颇有诗意的头发？为什么他口袋里要带着那些愚蠢的画片？为什么那口袋还有丝绸里子？一切都毫无道理、毫不确实。一切都引人发笑。

我注视着那位老太太，她忽然放下手中的餐巾环套，目光转向我，四目相对的那一刻，我的笑冲上了脸，我没有办法，只好以最友善的样子把堵在体内的全部笑送给这位老太太，笑意掰开我的嘴，从我的眼睛跑了出去。她怎么看待我，我不得而知，但她反应颇佳。最先她赶紧移开目光，慌忙拿起她的玩具，不过她的表情已保持不住安静，我非常好奇地看着她，只见她的不安逐渐消失，并且居然做出一个不可思议的鬼脸。她笑了！我的笑传染了她，现在她正蹙脸咽津，强忍着笑的冲动！于是，我们这两个被大家公认为严肃的年长者就这样像小学生似的端坐在我们的座位上，目光偷偷地从一样东西移到另一样。为了控制住笑，我们的脸紧张工作着，简直就要痉挛了。餐厅里有两三个人注意到这一点，他们觉得好玩，也带点嘲弄微笑起来了，好似窗户打破，蓝天飞入，有几分钟之久，会心的微笑穿过整个餐厅，使它沉浸在欢乐舒服的气氛中，似是每个人现在都觉察到，我们一本正经而又无聊悲哀地呆子般坐在这儿是多么可笑。

这一刻之后，我感觉好多了，我不再只是专为病痛和治疗而活的疗养客，病痛和治疗成为次要的事了。疼痛仍然不减，这不能否认。但上帝要它疼就疼吧，我让病痛自生自灭，我活着并非为了整天伺候它。

饭后，一位我相当不喜欢的客人找我聊天，他是个好发表意见的人，常拿些报纸让我看，也常追着我聊天。不久前我同他聊起学制和教育的问题，聊的时间比较长，十分无趣，而我还谦恭而毫无保留地赞同了他所有的行之有效的原则和意见。现在这家伙又来了，从走廊那边他潜伏着的地方走了出来，站到我面前。

"您好！"他说，"今天您看起来很高兴啊！"

"我的确很高兴。中午吃饭的时候，我见到白云飘过天空了，我原先老以为这云彩是纸做的，是大厅的装饰品，所以，发现那是真正的空气和云彩很叫我高兴。它在我面前飘过，没有编号，没有贴价格标签。您可以想象，对此我有多高兴。真实还存在着，就在巴登！多么奇异！"

"这样啊，这样啊，"他拉长声音说，大概用了一分钟，"如此说来，您一向以为真实不再存在！能不能请问，您理解的真实是什么？"

"哦，哲学上这是个很复杂的问题。具体说来则很简单。我理解的真实其实就是一般所说的'自然'。总之，我说的真实绝非这儿一直包围着我们的这些事物，不是疗养史、病历，不是风湿小说、痛风戏剧，不是散步和音乐会、菜单和节目单，不是温泉管理员和疗养客人。"

"什么？在您看来，连疗养客人都不确实存在？比如我吧，现在和您说话的这个人，您认为他不是真实的?！"

"很抱歉，我真的不愿伤害您，但是，事实上您对我来说并非真实。像您现在这样，没有令人信服的特征能够使我们把觉察到的转化为体验，把发生的事转化为真实。您毫无疑问是存在的，但是，在我眼里，您存在的那个层面缺乏一种时空的真实。让我们这么说吧，您存在于证件、金钱、信用卡、道德、法律、精神、可尊敬性的层面上，时间上和空间上您是美德、绝对命令和理智的同道，您甚至或许还与自在之物或资本主义有相近之处。但是，树木、石块、蟾蜍、鸟儿能使我确信它们的真实，在您身上我却见不到。我可以无限赞同您、尊敬您，我可以不信任您或认可您，但我不可能体验您，我完全不可能爱您。您的命运和您尊敬的家人、亲戚，和美德、理智、绝对命令以及人类的全部理想相同。你们很伟大。我们为你们骄傲。但是，你们不是真实。"

这位先生唬得目瞪口呆。

"如果现在您脸上感觉到我手掌的力量，您是否就会确信我的真实性？"

"您如果做这个试验，首先对您自己不利，因为我比您强壮，并且眼下一点也不受道德的约束，您这么友善提出的证明并不能使您达到目的。对您的试验我会使用全部自卫机器很轻便地加以反击，但您的攻击还是不能令我相信您的真实性，不能令我相信在您身上存在一个人、一个灵魂。假如我的手或脚接上电的两极，那么我同样会受到电击，而不会因此把电流看作一个人、一个与我同类的人。"

"您生就艺术家的个性，好吧，艺术家总是特立独行。看来您痛恨思想、痛恨抽象的思考。就我个人而言，您特别一点就特别吧！我无话可说。但是，诗人，这和您自己的许多言论又如何取得一致呢？我读过您不少文章和书，那儿所说的与您现在说的完全相反，您推崇理智和精神，反对自然的非理性和偶然性，您赞同理念，认为精神是最高原则。这您要如何解释呢？嗯？"

"是吗？我是那么说的吗？有可能吧。您看，我很不幸，老是自相矛盾。现实总是这样自相矛盾，只有精神不这样、美德不这样、您不这样，尊敬的先生，你们很少自相矛盾。比如说，夏天里当我走了许多路之后，我就会渴望能喝上一杯水，认为水是世界上最美好的东西。一刻钟之后，水喝过了，那么水和喝水对我而言就是毫无意思的事物了。对吃东西、睡眠、思考，我也持相同的看法。我对所谓'精神'的态度和对吃喝是相同的。有时候，世界上没有什么比精神世界更吸引我，是我绝对不能没有的，抽象、逻辑和理念也是这样。而当我研究够了，厌倦了这些东西，需要别的什么的时候，精神世界就像馊了的食物一样使我恶心。经验告诉我，这被人认为是过分随意、没有品格，甚至是不允许的，但我从来就不明白，为什么不可以这样？我得在食与不食、睡与醒之间不断转换，同样我也得在精神性与自然性、经验世界与精神世界、正常秩序与革

95

命骚动、天主教精神与宗教改革精神之间不断来回摆动。一个人一辈子总是只能尊崇精神性而蔑视自然性，总是只能是革命者，从不做保守者，在我看来，这虽然是有德行、有品格、有立场，但也同样是不幸、讨厌、疯狂的，这就好像一个人总是只知道吃东西、只知道睡觉一样。而所有党派团体，政治性、精神性的也好，宗教性、科学性的也好，无不以这种观点为前提，以为这样的行为是可能的、自然的！您也是这样，我有时候热爱精神性，认为它无所不能，有时候却厌恶它唾弃它，而需要自然的单纯与丰满，您认为我这样是不对的。为什么呢？您为什么认为自然的事物没有品格、健康而当然的事物不该有？如果您能给我解释清楚的话，那么我口头和笔头上都愿认输。我也会尽我所能承认您的真实性，送您一个真实性的光环。可是，您看，您无法解释！您站在这儿，背心底下有满腹佳肴，但没有心，在您蛮像回事的脑袋瓜里有精神，但没有自然。我还从未见过像您这样好笑的非真实，您这风湿病人！您这疗养客！在您的纽扣洞里闪耀的是您证件的光辉，从您的衣服缝里流出的是精神，里面都是些什么报纸和税单、康德和马克思、柏拉图和利息表。我一吹气，您就消失。我只要想到我的情人，或只需想到小小的黄色樱草，就足够将您从现实中挤掉！您不是物体，您不是人，您是一个理念、一种死气沉沉的抽象。"

　　我情绪非常好，不过越来越激动，当我伸出拳头想证明这位仁兄的非真实性时，拳头穿过他的身体，他不见踪影了。我站在那儿，现在才注意到我没戴帽子就出了门，已经身在寂静的河岸边了，美丽的树下只有我一个人，溪水潺潺流过。于是我再次受到精神的反极的眷顾，全心全意眷恋着这愚蠢无规律的偶然世界、这淡红色土地上阳光和影子的游戏、这潺潺溪流的旋律。啊，我识得这旋律！我记起一条河，千年前我和一个艄公一起坐在它的岸边，艄公的名字我已忘却，我只记得我们陶醉于一体性的概念，也陶醉于多彩多姿和偶然的游戏。我想念我的情人，想念从她秀发露出的耳郭，此时的我，愿意把以前为理智和理念建造的祭坛拆了，为那个半隐半显的奥秘耳郭建一座新的祭坛。世界本为一体，然而却充满多样性，万物因易逝而美，只有罪人能够体验恩典，我们可以把那个可爱的耳郭视为这些以及其他千百样深刻而不朽的真理的象征或神圣标志，像埃及的伊西斯女神[1]、像毗湿奴[2]或莲花。

水在河底石板上涓涓而流，中午的阳光透过树叶在树干上洒下斑斑花纹，它们唱得多么欢快！生活着是多么美好！我在餐厅里想笑的冲动消失了、被忘记了，我泪水盈眶，圣河的水流声使我的灵魂苏醒，我心中满载安宁和感恩。当我久久在树下这么来回走着时，我才看清最近这些日子自己陷入了何等厌烦、困惑、痛苦、愚蠢的深渊！天啊！多么可悲可叹，这么一

---

[1] 古埃及神话中掌管生命、魔法、婚姻和爱的女神。
[2] 印度教三大主神之一，是宇宙的维护者。

点点事就可以使我变为一个令人恶心的家伙！一点儿病痛、几星期的疗养、一段日子的失眠，就使我灰心丧志、不能自拔。而我还是听过印度诸神声音的人！现在多好啊！魔咒终于冲破了，我又置身于空气、阳光和真实之中，又能听见神性的声音，又能感受心中的虔诚和爱！

我仔细回顾了这段屈辱可耻的日子，想起那些曾经缠住我的愚蠢事情，我既难过又惊讶，既感到悲伤又觉得可笑。不，现在我不必再去音乐大厅，也不必再去那庄严肃穆的赌场了。现在我不会再为如何打发时间而尴尬了。魔咒已经解除了。

还有几天疗养就要结束了，今天当我反省自己，自问为何在我身上会发生这样的事，当我寻找这些屈辱和可耻的经历的缘由时，只需随便翻开这散记的任何一页就可以找到。造成痛苦的缘由并非我的空想和梦幻，并非因我身上欠缺道德和市民性格，恰恰相反，我正是过分遵守道德、过分理智、市民性过重！这个我犯过几百次又因之悔恨了几百次的错误，这一次我又犯了。我想让自己适应标准，我想做到一些其实没有人要求我做的事，我想做或扮演一个不是我自己的人。这就使我重蹈覆辙，强暴了自己和整个生活。

我想做一个不是我自己的人。怎么会这样子呢？我把我的坐骨神经痛当作专业了，我扮演了一些角色：坐骨神经痛病人、温泉疗养客、适应市民环境的客人，而没有好好地保留住自己的本来面目。我把巴登、疗养、周围环境、四肢疼痛看得太重，满脑子以为，熬过了这次疗养就一定能痊愈。只有经由恩典能够达到的事，我却想通过赎罪、惩罚、做工，通过温泉浴、医生和婆罗门教的巫术去达到。

我老是这样。就是现在这篇"优美"的温泉浴心理学，这篇我在温泉里炮制出来的散记，也是这么一种恶作剧，一种在思想上强暴生命的尝试，所以注定要失败，要自食其果。我既非如我自以为是的那样，是坐骨神经痛哲学的代表，世界上也没有这样一种哲学。我在前言中梦呓般提到的上五十者[1]的智慧亦属子虚乌有。我今天的思想与二十年前相比，可能稍有改变，但是我的感觉和本性，我的心愿和希望却没有什么不同，并不更为聪明或愚笨。今天的我如同当时的我，可以时而是个孩子，时而是个老人，时而两岁，时而千岁。而我想适应正常社会、扮演五十岁的人、扮演坐骨神经痛病人的努力，我想通过我的哲学同坐骨神经和巴登和解的努力，注定毫无结果。

救赎的道路有两条：义人通过正义之途，罪人通过恩赐之途。我这个罪人又一次犯错，试图通过正义的道路达到目的。这是永远不可能成功的。义人的甜奶对我们罪人是毒药，它使我们起邪念。命中注定，我总是一再做错误的尝试、走错误的道路，在精神上，我也注定身为诗人，却一再想以思想而不以艺术处理世事。我一而再，再而三走上这遥远、艰难而孤单的

---

[1] 前言中提到的是"上四十五者"，恐为作者笔误。

歧途，不断试着借用理智，结果总是陷入痛苦和迷惘。不过，在这种死亡之后，接着而来的总是新生，恩典总是没有弃我而去。于是痛苦和迷惘就不再那么糟，歧途也不那么坏，惨败的经历反而可贵，它们把我送回母亲的怀抱，使我能够重新体验恩典的降临。所以我现在要停止向自己进行道德教育，我不要责备我那些理智和心理学的尝试、疗养的尝试，不要责备失败和灰心，我不后悔，我也不再怨天尤人。一切都好起来了。我又听到神的声音了，一切都好了。

今天，当我看着 65 号房的时候，我有一种很奇怪的感觉，想到不久就要离开这儿，我对它居然依依不舍，尚未离别，我已有些难过。多少次我坐在这小桌前把一页页的纸写满，有时候心中充满欢乐，自以为做着有价值的事，有时候苦恼万分、毫无信心，却仍然专心工作，专心于努力去理解、去解释，至少也做些真诚的自我剖析。多少次，我坐在这靠椅上读让·保罗的书。多少个夜里我躺在这张墙凹处的床上睡不着觉，陷入沉思，与自己斗争，为自己辩护，把自己以及自己的痛苦当作一种比喻、一个谜，深信有一天其意义和解答会显现。我在这儿收到多少陌生人的信，又回了多少信给他们，这些陌生人在我书中看到一个与他们相似的我，于是他们写下自己的问题、写下自白、写下控诉和忏悔，寄来给我，想从我这儿寻找我自己在自白、在诗文中寻找的东西：清楚的想法、安慰、辩护，以及新的欢乐、新的纯洁、对生命新的爱！在这小房间里，曾有多少想法、情绪、梦想与我相遇！在这儿许多晦暗阴沉的清晨里，为了温泉浴我虽心力竭却奋力起身，疼痛僵硬的四肢使我感觉到死亡，使我阅读了无常书写的令人胆寒的文字。在这儿好些美好的黄昏里，我编织幻想或者同荷兰佬斗争。在这儿，我把这篇心理学的前言读给我那时的情人听，看见她得知我对让·保罗的敬意时高兴的样子。这巴登的日子连同这疗养、这危机、这丢失了又寻回的心理平衡，毕竟是我生命中一小段重要的路程。

　　三四个星期前我怎么不知道去爱惜这小小的客房，不知道以它为家呢？这真可惜。不过事已如此，多说无益。至少现在我已能够接受这房间、这旅馆，接受荷兰佬，接受这疗养，并且喜欢上他们，将这一切作为我自己的所有。在巴登的日子即将结束时，我发现巴登很美。我相信，我能够在这儿住上几个月。其实只为补救许多我在这儿做的错事我就该这么做，对自己、对理智、对疗养地的作业管理、对邻屋的人、对邻桌吃饭的人所做的错事。在某些极差的日子里，我不是连大夫也怀疑了吗？怀疑他的保证是否真诚，怀疑他给我的希望是否有价值。是的，有许多事该补救。比如，我有什么资格厌恶凯塞林先生的秘密画廊？难道我是个道学家？我自己不也有一些别人不以为然的爱好？在那位粗脖子道学先生身上，我又为什么只见到市侩气、自私自利、傲慢的审判官？我本也可以把他当成一个古罗马悲剧英雄，一个因自己的严厉而灭亡、因自己的公正而受苦的人。凡此等等，不一而足，千百件疏忽了的事该补救，千百样罪孽、千百次的漠不关心该忏悔，如果我不是刚刚走过忏悔之路而投入恩典的怀抱的话。让我们不要再追究罪与罚了，只要我们做到有一段时间不再增加错误，我们就该高兴。

当我再次俯视刚刚过去的这些掉入深渊的可怕日子时，我远远看见深处一个小小的幽灵似的影像，我见到疗养客黑塞面色苍白、了无生趣、苦着脸坐在饭桌前，一个没有趣味没有幻想的可怜家伙，一个淡漠无情的病人，他并不占有他的坐骨神经痛，而是被它占有。我极端厌恶转身不看，很高兴这个可怜的家伙已经死去，我再不会遇到他了。愿他安息！

如果我们不把《新约》的格言当作戒律看，而当作深知我们灵魂奥秘的言辞看，那么所有话中最最智慧的话就是"爱人如己"，这句话集一切生活艺术和快乐理论之大成，事实上《旧约》里就有这句话了。一个人可以爱邻人比爱自己少，那么他就是个自私自利的人，一个掠夺者，是资本家，是资产阶级，他虽然可以聚集钱财和权力，心里却不能真正快乐，他与灵魂最优美、最好的快乐无缘。一个人也可以爱邻人比爱自己多，那么他就是个可怜的家伙，心里充满自卑，拼命想去爱所有的人，对自己却怨恨不已，不停地折磨自己，每天生活在自己制造的地狱里。爱平均分配时则没有这些毛病，能够爱而对谁也不欠，爱自己，这爱不是从谁那儿偷来的，爱别人，这爱不是对自己施暴，也不会侵害到自己。爱，一切快乐和福分的奥秘尽在这个字里。我们也可以学印度人，来如此理解这句话：爱你的邻人，因为他就是你自己！印度语的"这就是你"的基督教翻译应该就是这样吧！是啊！一切智慧都那么简单，老早就确切无疑地被说出、被定义了！它为什么只能偶尔、只能在好日子里属于我们，而不能总是属于我们呢？

回顾

札记最后这几页不是在巴登写的。我已经不在那儿了，带着满脑子的新计划和等着付诸实施的尝试，我又回到我的荒原，回到我的孤独，我的隐居地。谢天谢地，疗养客黑塞已经死亡，他和我们没有关系了。现在的黑塞是另一个人，虽然他仍是个患坐骨神经疾病的人，但现在是他占有坐骨神经痛，而不是被它占有。

离开巴登时，我的确有点儿舍不得。我得舍弃我喜欢上的好些人和物，我的房间，我的店老板，河岸上的树木，告别时表现得特别好的大夫，黄鼠狼，餐厅里和气漂亮的女服务生罗丝丽、特鲁蒂以及其他的服务人员，赌场，一些病友的面孔和样子。再见吧，永远和气友善又乐于助人的透热治疗机旁的女助理！再见吧，荷兰来的女巨人，还有你，金色鬈发先生凯塞林！

向"圣苑旅馆"老板告别的一幕很有意思。他笑着听了我的谢词和赞语，然后问我，大夫满不满意我的疗养效果。我告诉他，大夫很称赞了我一番，说我可望完全康复，所以我现在可以安心告别巴登。听了我的话，老板的笑脸变为让人感到舒服的鬼脸，他友好地拍拍我的肩膀说："您高高兴兴上路吧！我祝贺您。不过，您看，我知道一件您自己或许还不知道的事：您还会再来的！"

"我会再来？来巴登？"我问。

他高声笑了起来。

"是的，大家都会再来，不管病治好了还是没有治好，每个人都再来了。下次来您就是老顾客了。"

他临别时的话我一直没有忘记。他很可能是对的。我很可能会再来一次，说不定再来许多次，不过我不会是这次的我了。我会再泡温泉浴、再做电疗、再吃许多美味佳肴，说不定又会压抑沮丧懊恼，还会喝酒赌钱，但一切都会不同，就像我这次回到我的乡野生活也和以前每次回来都不同一样。所有单独的个别的情况会一样，会很相似，但总体上会不同，会有另一颗星星照耀着一切，因为生活并非算术，它不是数学图形，而是奇迹。我一辈子总是这样：一切都会再次发生，同样的灾难、同样的快活喜悦、同样的诱惑，我的头总是一再撞在同一棱角上，我总是与同样的恶龙作战、追逐同样的蝴蝶、重复同样的事态和状况，然而每次游戏都有一点儿新意，总是美丽、总是危险、总是令人激动。我曾千百次精神焕发、千百次精疲力竭、千百次幼稚无知、千百次年老无情，然而情况没有一次长久维持，所有的情况都曾重复，但没有两次是相同的。我景仰的一体性隐藏在多样性的背后，它不是无聊、灰暗、思想上的、理论上的一体。它是充满游戏、充满痛苦、充满欢笑的生命本身。它显示在湿婆（风暴之神）的毁灭之舞[1]中，也表现在许多其他的形象上，它不拒绝任何表现方式、任何比喻。你随时可以进入它之内，当你不识时间、空间，不识知也不识不知时，当你走出惯例和习俗，当你心中充满爱和奉献，自觉属于所有的神、所有的人、所有的世界和时代时，它就属于你。在这种时刻，你同时体验到多样和一体，看见佛陀和耶稣从你面前走过，你和摩西谈话，你感觉到锡兰的阳光又看见极地的冰雪。在巴登归来后这短短的时间里，我已有十次进入这种境界。

我并没有"痊愈"。我好一点了，大夫感到满意，但我的病并未得到根治，不知什么时候又会发作。巴登赐予我的，除了较好的健康之外，还使我学会不太过度关注我的坐骨神经痛，我明白，它是我的一部分，像我刚开始花白的头发一样，它也有权存在，意欲简单地抹掉它或用魔法驱逐它都是不聪明的做法。让我们好好与它相处，让我们与它和解而赢取它吧！

如果有一天我再到巴登，我会用别的方式下浴池、用别的方式与邻人交往，我会有别的烦恼和游戏，写下的也会是别样的东西。我会犯新的过失，也会通过新的路途重新找到神。我永远会以为自己是行动者、思想者、生活者，却也知道，行动

---

[1] 湿婆是印度教三大主神之一，宇宙的毁灭者和重生者，常以舞王的形象出现，湿婆之舞象征宇宙永恒的运动。

着、思想着、生活着的其实是"他"。

　　回顾几星期的疗养生活，我心中升起一股舒服的幻觉，以为自己优越、善于理解、有洞见，青年时代每当进入一个新的生命阶段而回顾过去时，我就极为享受这种幻觉。我知道，我不久以前的苦恼、疼痛以及心灵的危机已经过去，那种可怕的情况已经解脱了，看起来，那个前不久在巴登举止古怪的黑塞比现在这个聪明的黑塞要差得多。我看出，疗养客黑塞对不值一提的小事的反应是多么夸张，看出他那些所谓的屈服和情结游戏是多么滑稽，不过我忘了，那些小事是因为不再是现实才显得微小和可笑的。

　　但是，什么是大什么是小，什么叫重要什么叫不重要呢？有的人对小干扰、小刺激，对来自外界的小小冒犯反应敏感激烈，他会被心理医生认为精神不正常，而这个人或许能镇定地承受大多数人认为非常严酷的痛苦和震撼。有的人被人家久久踩住脚趾而麻木不知，他能够忍受最贫乏的音乐、最可怜的建筑物、最脏污的空气，这样的人一般被认为是健康正常的，而这个人玩纸牌时要是输了点钱就会拍桌痛骂。我在酒店曾多次见到名声不坏、被认为完全正常而且值得尊敬的人，玩牌玩输了就大发雷霆、咒骂不止，特别是当他们认为别人该为他们输牌负责时，他们咒骂起来是那么狂热、那么粗野、那么猥亵，我真觉得这些不幸的人该被送进精神病院。衡量事物的标准本有很多，我们可以都加以认可，但是我无法把其中哪一种奉为神圣，即使是科学性的标准或现行的公共道德。

读了疗养客黑塞的自述而能够笑并且觉得这家伙相当滑稽的人，如果他读到关于自己的思路以及日常对外界反应的详尽准确的记录和分析，他会十分惊讶。平时看不见的或非常难看的东西，比如一小片灰，在显微镜下可能变为奇妙的星空，同样，在真正的心理学（这种心理学还不存在）的显微镜下，灵魂最轻微的振动，不管它多糟、多蠢、多疯狂，都会成为神圣而虔诚的景象，因为我们见到的是一个例子，是我们所知最神圣的东西的肖像，是生命的比喻、生命的肖像。

多少年以来，我所有文学上的探索都朝着一个遥远的目标走，那就是关于真正心理学的感觉，以这种隐隐的心理学的眼光观察万物，没有一样东西渺小、愚蠢或丑恶，一切都神圣，都值得尊敬，如果我这么说，就似乎是在自我标榜。可是，事情好像就是这样。

在这篇疗养札记即将结束之际，我最后回顾了一下巴登的日子，总感到一种不足、一种遗憾、一种悲哀。不是因为我的愚行、我的不宽容、我的神经质、我过于快速无情的判断，总之我不是因为我性格方面的欠缺和过失而悲哀，这种欠缺有深刻的缘由，是必不可少的。我悲伤、我空虚、我痛苦是因为这篇札记，这篇意欲尽量真实而坦诚地记录生命中极短促的一段生活的尝试。我必须承认，我很苦恼，又很羞愧，不是因为我的罪孽和恶习，完全是因为我的语言试验失败了，我在文学上的这番努力收获实在太少了。

我的失望根植于某个一定的点，或许我能用一个比喻来说明：

如果我是个音乐家，那么我就能毫不困难地写出一首双重乐曲，它有两条线路，有两套调子和音符，它们相互对应、相互补充、相互对抗、相互制约，它们无时无刻不是紧密而活泼地相互作用着，相互联系着。每一个懂得乐谱的人都可以在这双重乐曲的每个音符中读到、看到、听到它的反调，那是它的弟兄、它的敌人、它的反极。我试图用语言表达的正是这种双重性、这种永不休止的对照、这种双线，我工作得精疲力竭而徒劳无获。我不断重新尝试，如果有什么使我的工作得到张力和压力的话，那就是这种力图做到不可做到之事的强烈愿望和努力，这种为着达不到的目标所做的疯狂努力。我想为双重性找一种表达形式，我想写出曲调和反曲调永远同时出现的章句，多样性旁边永远伴随着一体性，玩笑永远伴随着严肃。因为对我而言，生命只存在于两极的上下涨落中、存在于世界两根基本支柱的来回变动中。我不断想指出世界的多彩多姿，同时告诉人们，这多彩以一体为基础，我不断想指出，美与丑、亮与暗、罪愆与神性的对立永远只是暂时的，它们永远会相互转化。在我看来，人类能够说出的至高真谛就是几句以魔符表达这一双重性的话，几句显示出世上的大对立既是必要又是虚幻的奥秘格言和比喻。中国的老子有好些这样的格言，在这些格言中，生命的两极似在刹那间碰撞在一起。耶稣的许多话以更为简洁、更为热情的方式表现了这种奇迹。我认为，世界上最震撼人心的事莫过于此：一种宗教、一种教条、一种灵魂教育，经过几千年时间不断地培养，把善与恶、义与不义的理论总结得那么细致、那么紧凑，让人知道，在神的面前，九十九个义人的分量并不比当一个罪人认罪时的分量多。

不过，我自以为应该致力于宣扬这种至高的感觉，恐怕是个很大的错误，说不定还是一种罪孽。当今我们世界的种种不幸或许正在于，人们到处在兜售这种至理，每一个国家教会除了谆谆告诫人们信任官厅、钱包、民族虚荣心之外，还宣讲耶稣的奇迹，装着最珍贵也最危险的智慧的《新约》，每一家店都可买到，传教士还免费奉送。也许，耶稣宣讲的这些闻所未闻、胆大包天、令人吃惊的感觉和洞见，应该好好藏起来，壁垒森严地保护起来。一个人为了得悉一句那些强有力的话要花上几年的时间或赔上生命，或许那样真的更好。如果事情真是这样（在某些时候我相信事情是这样），那么再差的消遣作家也比一个想方设法为永恒事物寻找表达辞令的人要强。

我处于进退维谷之中，我有我的问题。对于这种状态有许多可谈论的，解决的办法却没有。我永远无法弯曲生命的两极使之靠近、无法写出生命乐曲的双重性。然而，我会听从内心模糊的命令，不断试着去写。这就是我的钟表赖以走动的发条。

漫游记

（1920）

欧凡 译

农舍

　　在这间农舍前我向自己的家园告别了。我将会有很长一段时间再也看不到这种式样的房子了，因为前面就是阿尔卑斯山隘，山北的德式建筑，当然还有德国的景色、德国的方言，到此就结束了。

　　能够跨越这个边界是多么美妙！我这个流浪者从很多方面来说是个野蛮人，就像游牧民族比农民要野蛮一样。但是不重安居和不在乎边界却使我这样的人颇能为未来指点迷津。要是像我如此无视边界的人多了，那么战争和封锁也就不会再有了。再没有什么东西比边界更怀有敌意、更愚不可及了。它们就像大炮和将军一般，只要是理性、人道与和平统治的年头，人们根本不会问它们一问，有之，也不过是当作笑柄而已——可是一旦战争爆发，狂妄当道，它们就立刻身价百倍，被奉为神圣。在战争年代，我们流浪者吃了它们多少苦头，受到它们多少禁厄！见它们的鬼去吧！

　　我在笔记本上画下了这栋屋子，算是对德国式的屋顶、桁梁和窗楣，也可以说对某种程度的亲切和舒适暂别了。临别之际，所有这些能引起我亲切之感的事物不禁又加深了我内心的眷念。明天我所爱的就是另一种屋顶、另一种房舍了。我不会，像情书里常见到的，把我的心遗落在这里。啊不，我会把我的心带走，因为我需要它，时时刻刻，即使在山的那边。因为我是游牧者而非安居的农夫。我崇拜不忠、多变和幻想。把爱固定在地球的某块土地上对我来说是毫无意义的。我认为，一切我们所爱的，只不过是一种象征。要是我们的爱附着在某样东西上并且发展而成为忠贞，成为德行，我倒反而觉得事有可疑。

农夫也好，有产业而安土重迁者也好，忠贞者也好，德高者也好，我一概祝福他！我也做得到去喜爱他、尊敬他、羡慕他。不过我花了半生的工夫想学他的德行，结果却一无所获。我老想做我所不是的那种人。我想做诗人，同时又是良民。我想做艺术家和充满幻想的人，同时又德行昭昭，克享乡情。很久很久之后我才幡然彻悟，鱼与熊掌是不可兼得的。我既是游牧者，就成不了农夫；既是觅宝者，就成不了护宝人。我长久以来就在神和法律之前苦苦修炼，而它们只不过是偶像罢了。这正是我的过失，我的痛苦和我对这世界的苦难所具有的一种共同负罪感。我强加暴力于自己，不敢走上解脱的路，不正是增加了这世界的罪愆和痛苦吗？解脱之路既不在左也不在右，它通向自己的内心，只有在那里才有神，才有和平。

山头吹来润湿的谷风。远远望去，蓝天之下是另一片国土。在那片天空下，我会常常都是快乐的，但有时我也会怀乡。一个炉火纯青的流浪者当然不识故乡为何物。我却还有怀乡之情，因为我的修炼还不够。但我也不想达到那样的境界。我觉得思乡正如欢乐，有值得细细品味之处。

风迎面吹来，挟带着远方和异域的香气，我也仿佛嗅到了它来自山区，来自南方，来自众水分流和多种语言交汇之处。这使我寄望甚殷。再见了，小小的农舍和家乡的景色！我要向你告别了，就像一个少年告别他的母亲一样：他知道，这是他别亲远游的时候了；他也知道，就算他想要，他也不会完完全全地离开她。

乡村的墓地

在常春藤披覆的斜坡上，
阳光温煦，蜜蜂逐香忙。

有福的你们，在这隐蔽之处静躺，
贴近着大地的心脏，
有福的你们，安返故乡，
隐名埋姓，安息在母亲的膝上！

可是凝神细听，在蜜蜂嗡嗡与花丛间

却唱着生机的高亢和生趣的盎然，

自根一般深的梦里
死去之物重显生机，
生的残骸，摆脱了重重禁锢，
吁求生的复苏。

大地之母母仪泱泱，
为孳育繁衍而奔忙。

穴间的和平宝境
轻盈如午夜一梦。

死之梦宛如浊烟稠浓，
生之火在其下熊熊。

山隘

　　风吹拂着山间崎岖的小路，树木和灌木丛渐渐少了，山石和苔藓则触目皆是。这里景色的荒凉自不待言，既无房舍，也不见农家堆积的禾草与木材。但远方吸引着，憧憬燃烧着，于是这条越过山崖、沼泽和冰雪的可爱的小路就被创造出来了，它通向陌生的山谷、陌生的房舍、陌生的语言和人群。

　　我在隘道的最高点稍事停留。路向两边分披，水也向两边涓涓流下。在这里还是携手并立的一切，从此就各奔南北了。刚能濡湿我的鞋的一摊浅水，向北涓滴而下，把它的水汇进遥远的冰冻之海。而紧贴着它的残雪则滴向南方，它的水直奔利古里亚海或亚得里亚湾[1]，从那里再汇入毗邻非洲的海。但是世界上所有的水到头来都会相遇，北冰洋的水和尼罗河的水就会在湿润的流云中交融。这古老美丽的比喻使我霎时心旷神怡。流浪者也无二致，每条路都会带他回家。此刻我还可以随心所欲，或南盼或北顾。再过五十步，我就只能看到南方了。透过

―――――――

[1]　利古里亚海在科西嘉岛和意大利之间，亚得里亚湾在亚平宁半岛和巴尔干半岛之间。

117

蓝蓝的山谷，它是多么地充满神秘！我的心又是多么地向往不尽！我仿佛已经依稀见到海和滨海的花园，闻到葡萄酒和杏仁的香气，也想起关于求道和到罗马朝圣的种种古老的传说。

少年时代的回忆似连绵的钟声从遥远的山谷飘来：初次南游的陶醉，蓝色海边上花园空气的沁人，晚上对遥渡雪山的家乡信息的谛听！在古代圣殿残柱前的第一次祈祷！初次见到有如梦境的巨岩后海的翻涌！

这种陶醉与想对一切所爱的人倾诉远方的美丽和我的快乐的热望已随年月逝去。我的心里已经不再是春天而是盛夏时光了。异地的问候听起来已经有些异样，它在我胸膛里的回响也变得低沉。我不再把帽子抛向空中。我不再歌唱了。

但是我微笑了，笑意不仅停留在我的嘴角，我的灵魂、我的眼睛、我的皮肤都跟着笑了。我迎接这芬芳扑面而来的土地的是另一种情怀，比当年的更细腻、更沉静、更敏锐、更老练，也更深情。比起当年的我，这一切和我更相称，对我说着更丰富、更委婉百倍的语言。我如痴如醉的憧憬不再对面纱后的远景涂上梦的色彩，我的眼睛将满足于一切它所看到的。因为它学会了看，而且这世界也比当初变得更美丽了。

世界变得更美丽了。我孑然一身，却不以孤单为苦。我一无所求，我期待着被太阳晒焦，我渴望变得更成熟。我准备好了死去，准备好了再转胎人世。

世界变得更美丽了。

晚间漫步

我漫步在尘土飞扬的街头，
天色已晚，墙影斜伸，
透过葡萄藤的卷须
月光静洒在小溪和街心。

往日的歌曲
我信口轻哼，
数不清的漫游
在我的路上投下乱影。

多年的霜寒日烈、
夏夜、雷电交作、
风暴和旅途的蠢事，
都历历如昨。

晒得棕黑，也饱览了
这世界的胜迹美景，
我仍不知休止，
直至我的路没入幽冥。

村庄

　　山南的第一个村庄。其实从这里起，我真正开始了我所爱的浪游：漫无目的的迂回、烈日下的歇脚、无拘无束的流浪汉生活。我对靠背囊过活和穿褴褛不堪的袜子是情有独钟的。我坐上一间小酒店的露天餐桌，要了一杯酒。我忽然想起了布索尼，"您穿得真土气"，这位好好先生对我说，带点儿揶揄。那是我们上次见面时的事——就在不久前，在苏黎世。我们俩，还有刚指挥完一场马勒交响音乐会的安德烈，坐在一家我们常去的餐馆里。我挺高兴又见到布索尼那张幽灵似的苍白的脸，听到这位最杰出的市侩气的死对头高谈阔论——我怎么会想起这件事来了呢？

　　我明白了！我想起的不是布索尼，不是苏黎世，也不是马勒。当我们想起某些难为情的事时，我们的记忆往往有一种遮羞的本事，它会把一些不足道的情景推到前台。事情就是这样，我完全明白了！那天，在那家餐馆里，还坐着一位妙龄女郎，金黄的头发，粉红的脸颊，我不曾同她交谈过半句。我的天！注视她是怎样一种享受，又是怎样一种折磨，在那一个小时里，我简直全心全意爱上了她！我又回到了十八岁，我一下子完全豁然贯通了。美丽活泼的金发女郎！我已记不得你的名字，我爱过你一小时，今天在这阳光明媚的山村小路旁，我又爱了你一小时。没有人曾像我爱得这么深，这么甘为意志的俘虏而不辞。但我到底是个用情不专的人。像所有空谈家一样，我爱的不是一个女人，只是爱情。

我们流浪者天生就是这样。流浪的冲动和流浪汉的生涯大体上成了我们的爱情和性爱。流浪的浪漫性一半是寓于寻求冒险；另一半则基于一种潜意识的冲动，它可以转移和化解两性之间的情爱之欲。我们流浪者之所以有所爱，往往正是为了爱其难得。我们也善于把原应用在女性身上的爱，以一种游戏的心情分摊到山峦、小村庄、湖泊、谷物、路上的儿童、桥边的乞丐、老柳树的树皮、鸟儿、蝴蝶等身上去。我们把爱从不被爱的对象分离开来，只取这爱字本身，正如我们在流浪途中从不去找目的地，而只是享受流浪本身，享受那种身无所属之感。

容光焕发的女郎，我宁愿不知你姓甚名谁。我不想留下对你的爱，更不想见到它滋长。你不是我爱情的鹄的，而是它的楔子。我把这爱转送给路边的野光、酒杯里的反光和教堂的洋葱形塔顶。你使我成了一个泛爱世界的人。啊，多蠢的瞎扯！我昨夜在这山庄的茅舍里竟然梦见了这位金发女郎。我神魂颠倒地爱上了她。要是她果真在我身边，我简直会为她献上我整个后半生，连同流浪的全部快乐。我今天整天都在想着她。吃面包喝葡萄酒是为了她，在我的小本子里画教堂和村景是为了她。感谢上帝也是为了她——感谢世上有她这可人儿，感谢我有幸能与她邂逅。我还要为她写一首歌，再喝几盅红葡萄酒。

大概是命中有定，我在这晴朗的南方的第一站，竟在思念山那边的一位金发女郎中度过。她的樱唇多么美！可怜的人生多么美、多么可叹、多么可咒！

失落

我是夜的漫游者，在树林和山谷摸索，
我的周围幻起一片魔法的园圃，
许是身不由己或遭了咒，
我顺从一个内部的命令木然举步。

多少次，现实，你们生活于斯的现实，
把我唤醒，叫我灵魂回窍！
我冷静地环顾，余悸未消，
却很快又逃跑。

噢温暖的家乡，你们使我离乡背井，
噢爱之梦，你们一再使我好梦难圆，

我的灵肉却走遍千渠万壑，
似众流归海，一再回到故园。

秘密的源泉伴随歌声把我引领，
梦中的彩翼鸟啄理着羽毛；
少年时代的歌声又响起，
似彩丝交织，伴着蜜蜂的小调，
我泣不成声重回到母亲的怀抱。

桥

　　路顺着桥跨过山溪，旁边是奔泻的瀑布。这条路我已经走过一回——其实有很多回了，但我特别记得的却是那一回。那时还在打仗。我的假期已满，必须重新上路，我时而赶火车，时而在乡间的小路上赶路，以便能及时回营报到。战争和官方、休假和归营、红的和绿的路条、某某阁下、某某大臣、某某将军、某某衙门——组成了一个多么怪诞而又阴森森的世界，但它又是一个活生生的现实，有权力把这世界搞得乌烟瘴气，把我这个小流浪者和水彩画家从我的藏身之处用军号吹进军营。那是傍晚时分，桥的两旁是草场和葡萄园，小溪从桥下呜咽流过，湿漉漉的灌木丛簌簌抖动着。天色青里泛红，逐渐暗了下来，再过一会儿，萤火虫就会出来了。那里，每块石头都使我兴趣盎然，每滴随瀑布飞泻而下的水珠都使我感激神的恩赐。但这一切都是那么微不足道，我对被风雨欺凌的灌木丛的怜爱虽然挺有人情味，但和当时的现实格格不入。这现实不是别的，就是战争。只要一位将军或一位班长什么的嘴巴里喊一喊，我就得跑步，成千上万来自三江四海的人就得跑步，一个伟大的时代于是就从这里开始。我们这些可怜的乖顺的动物跑得快了，时代也就越来越伟大了。在我整个旅程中，桥下鸣咽的溪水都在我心里唱着，寒瑟瑟的晚天的慵倦都在低语，我整个儿只觉得滑稽和可悲。

现在我们又重临旧地，还是那道溪，还是那条路，但我们用变得更平静、更疲惫的眼睛来看这旧的世界，这灌木丛，这牧草披覆的山坡。我们也会想起一些已经埋骨异乡的朋友，我们心里明白，这是逃不过的命运，却仍然禁不住悲戚。

可是美丽的溪水仍然是那么清、那么蓝，仍然滴自山岩，唱着往日的歌，矮林里仍然栖满乌鸫。没有传自远处的军号声，伟大的时代又回到充满迷人事物的日日夜夜，晨昏暮晓，大地的心脏又有耐心地搏动。当我们躺在牧草地上，以耳贴地，或者在桥上俯瞰流过的溪水，或者久久地凝视蓝天，我们都会听到它，这颗宁静的心，这是一颗母亲的心，我们则同是这位母亲的子女。

当我今天重又想起我在此地挥手作别的晚上，似乎仍能听到哀乐声自远方飘来，那里，深深的湛蓝和浓浓的香气还从未经历过战争的纷扰。

有一天，所有那些曾经扭曲过、折磨过我的生命，并加予了它沉重的恐惧的东西将不再存在。筋疲力尽的和平将重新降临。世界将不是走向终结，而是走向重生。这一切将如浴后的微寐，老的、凋谢了的逐渐沉落，新的、年轻的开始呼吸。

那时我就会怀着别样的心情，重新走这段路，倾听溪水湲湲，凝睇远天日暮。一遍遍，一回回，永不知厌。

美妙的世界

一遍又一遍，不论是现在还是少年时：
当夜间的山景，伫立阳台的女郎，
月光下白茫茫的路，不期然地浮现，
我怯生生的心就会向往得跳出胸膛。

啊，火热的世界，阳台上的白衣女，
犬吠山谷，火车的长列驰往远方，
多少次你们叫我失望上当，
却依然是我最甜蜜的梦和痴想。

我屡屡尝试步入可怕的"现实"，
它只认文员、法律、风尚和汇率，
却每次又孤独地，既失望又庆幸，
逃进梦与痴的涌流处。

树间闷热的夜风，黝黑的吉卜赛女人，

126

充满荒唐憧憬和诗意的尘寰，
美妙的世界，你永远令我沉湎，
你的闪电震栗我，你的声音把我呼唤。

牧师的屋子

走过这座漂亮的屋子，心头不禁泛上一丝向往和怀念。向往的是宁静、安逸和中产阶层的生活，怀念的是舒适的床、花园长椅和烹饪的香味，还加上书房、烟叶和老书。少年时我曾经多么唾弃和嘲弄神学，直到今天我才知道，它其实是一门充满高情雅致和魅力的渊博学问，不像物理学那样要斤斤计较地量长衡短，也不像龌龊的世界史那样，动不动就是开枪打炮、高喊、背叛，它温和而细腻地讨论一些内在的、亲切的、令人快乐的事物，讨论慈悲、得救、天使、圣仪等等。

对于一个像我这样的人，住在这样一栋屋子里，做个牧师，真是再合适不过。恰恰是对我这样的人，不多也不少。穿着家居的黑色长袍走来走去，对花园里的小梨树林细加照料，当然这只是对我的泛爱精神举其一端，为村里临死的人祈福，埋首在老拉丁文的书里，给女厨师一些温颜悦色的吩咐，星期天从容地走在去教堂的石板地上，脑中温着一篇出色的布道辞，我不正是该做这样的事的人吗？

如果天气不好，我就把家里的暖气烧得旺旺的，不时在某个绿色或蓝色的壁炉上靠一靠，也偶尔在窗前站一站，对这样的天气摇头叹息一番。

要是逢上阳光普照的好天气，我就会在花园里盘桓半天，把梨树枝修修剪剪，或包包扎扎，或者站在开着的窗前，远眺群山，看着它们从灰暗蒙蒙中逐渐变得红光灿灿。啊，我会满怀深情地目送每个路过我寂静的小屋的流浪者，我会对他逝去的身影依依不舍，既感亲切又怀着渴慕，因为他实在选择了较好的那一份：在这世界上做个真正的、诚实的过客和朝拜者，而不必演我的角色：安居一隅，徒拥主人的虚名。若是我真的成了牧师，很可能我就会是这个样子。当然我也可能完全是另一个样子，比方说在灰暗的书房里抱着气味浓烈的勃艮第葡萄酒消磨整夜，和各式魔怪争执不休，或者，由于对向我忏悔的少女动了不可告人的非分之想而受到良心的责备，夜里从噩梦中惊醒。也可能我会关上花园的绿色大门，叫司钟人敲起钟，好好地为我的办公室、我的整个村子甚至整个世界驱一驱魔，或者躺进又宽又长的沙发椅，除了抽烟和闲荡，什么事也不干；晚上懒得脱衣就寝，早晨懒得根本就不起床。

总而言之，我根本不会成为这屋子里的牧师，而会是个漂泊无依的小流浪者，就像眼前这样。我永远不会去做一个牧师，而会时而是个空想中的神学家，时而是个美食家，时而懒得要死见酒就喝，时而对少女们坠入情网，时而是诗人和演员，时而又想家想得要命，可怜的心里满怀惧怕和忧愁。

这样一来，那么，不论我是从外向内还是从内向外看这绿门、这梨树林、这美丽的花园和这玲珑的屋子，也不论我是从街上透过窗子把我的向往投向那位安静的牧师先生还是从窗内对那位流浪者投以向往和羡慕之情，就一概成了一回事了。做这屋子里的牧师或做路边的流浪者根本就毫无区别了。一切都毫无区别了，除了少数几样事，那对我是生死攸关的，我得感到生命在我之内的搏动，不论是在舌底还是鞋底。不论是在肉体的快感或身心的折磨之中，我还得让我的灵魂自由自在，神出鬼没出入于上百种幻想的角色之中：牧师和流浪者、女厨师和凶手、儿童和动物，特别是各种鸟，还有各种树，后者尤其重要，我非得有它们才能活。要是哪一天鸟和树没了，而我被送进一个所谓"现实"的生活之中，那我就情愿死掉。

　　我倚在井边，画下了这栋屋子。绿的门，和院子后方的教堂塔尖。其实我最喜欢的还是那扇绿色的门。很可能我把门画得比实际的颜色更绿了些，塔尖也太高了些。但最主要的是，在画的这一刻钟内，这屋子成了我的家。虽然我只看到这屋子的外观，不认识任何屋里的人，有一天我还是会怀念它，就像怀念我真正的家乡，怀念那些我还是个孩子时快乐生活过的地方。是的，因为在这儿，至少有一刻钟之久，我又成了孩子，又感到了快乐。

田家的院子

　　每次置身于阿尔卑斯山南麓这个得天独厚的地区，我都有一种从被流放中回到家的感受，好像我终于回到好的一边，这里阳光更加温煦，山色更加斑斓，到处是栗子和葡萄、杏子和无花果。这里的人虽然穷，却都善良、知礼而友善。他们所做的一切，看起来无不精巧、恰如其分而又有人情味，就像是从大自然长出来似的。房屋、围墙、葡萄园的石梯、田间的路、园里的作物和梯田既不新又不古老，一切都不像是经过筹划和苦心经营才从自然那儿赚了过来，而是就像石头、绿树、青苔一样自自然然地长了出来。葡萄架的墙、屋子和房顶都用棕色的片麻岩砖造成，就像同胞兄弟似的，配合无间。总之，没有一样东西叫人有陌生、不谐和强建硬造之感，一切都透着亲切，生机勃勃，就像属于邻人。

　　你可以随处坐下小憩，墙头上、岩石上或树墩上，也可以坐在青草上或泥巴地上：你像是被诗情画意所包围，到处都传来美妙的佳音。

　　这是一处田家的院子，住的都是穷苦的农人。他们没有肉牛场，只养些猪、羊和鸡，他们种的是葡萄、玉米、水果和蔬菜。整栋房子都是石造的，连地板和台阶也是，一条石砌的阶梯通往院子，两侧是两根石柱。植物和石块之间到处掩映着海的蓝色。

我的一切思绪、一切烦愁似乎都被抛在雪山的另一边了。人就是这么爱为受苦的人和可厌的事操心和烦恼！在山的那边，为自己的生存找一个借口是难之又难，却又是头等大事。要不然，人怎么活得下去呢？屡屡的厄难使人变得老成持重——在这里却什么问题也没有。生存无须借口，而思想等同游戏。人感触到：世界是美好的，人生是短促的。一些贪念也油然而生；我真恨不得多长一双眼睛，多生一只肺。我把腿伸进草丛，又贪想，它们要是长一点多好。

我梦想成为一个巨人，这样我就可以把头枕在一处高原牧场的雪堆旁，四周是羊群，而我的脚趾可以一直伸进南方的大海，拍着水嬉戏。我就这么躺着，几个钟头也不起来，于是我的指间长出小灌木，发际开出杜鹃花，我的双膝像阿尔卑斯山的两条余脉，我身上满是葡萄藤、房屋和教堂。我一万年也这么躺着，眼睛眺望着天空，眺望着大海。我打一个喷嚏，就会风雷大作。我哈一口气，雪就融化，瀑布就手舞足蹈。我死了，世界也跟着死去。于是我就腾身宇宙，去找一个新的太阳。这一晚我要睡在哪儿呢？还不都一样！新的世界有些什么呢？要创造新的神、新的法律、新的自由吗？还不都一样！但是这高处有一朵报春花正盛开，叶子上长着银色的绒毛，温柔的风在低处的白杨树上吟唱，而在我的眼睛和天空之间，一只黄褐色的蜜蜂正飞舞着、嗡嗡地哼着——这些对我可大不一样了。蜜蜂哼着幸福的歌、永恒的歌。它的歌是我的世界史。

雨

夏天的暖雨
簌簌地，洒在林间和荆藜，
噢多么美好多么有福，
能又一次酣梦淋漓！

我已在江湖颠沛太久，
不习惯猛又滑进：
栖息在灵魂的家园，
不受哪个陌生处吸引。

我无欲亦无求，
信口把儿时的小调漫吟，
带着几分惊异
重回梦中温暖的妙境。

心啊，你应已伤痕累累，

多么可庆，又能在黑暗中摸索，
不用思，不用知，
只需呼吸，只需感受！

树

　　树对于我向来是最有说服力的讲道者。我仰慕它们，当它们群聚或族居，长在小树丛里或大森林里。但是当它们孤零零站着时，我就更仰慕有加。它们不同于那些隐居者，往往是出于自身的某些心病而遁迹，而是更像一些落拓不群的伟人，就像贝多芬或尼采那样。整个世界在它们的梢头窃窃私语，而它们的根则伸入无穷的深处；不过它们并不迷失其中，而是只为达到一个目标而全心全力奋进：满足寓于它们之中的规律，赢得自己的面貌，并且把自己表现出来，再没有比一棵美丽而强壮的树更神圣、更令人称羡的了。当一棵树被锯了，露出它赤裸裸的致命的伤痕，人们就可以从它们墓碑似的树干上借那些清晰的轮圈读到它一生的历史：在年轮和瘢疖里忠实地记载着全部的战斗、全部的苦难、全部的病痛、全部的好运和繁茂，也标出了凶年和丰年、克服过来的打击和经受住的风暴。每个树圃的学徒都知道，质地最坚硬的木材有着最紧致的年轮，而高山和危险频生之处则生长着最不易摧折、最强壮和最堪景仰的树干。

树有如圣物。懂得和它们谈话和懂得聆听它们的人就会懂得真理。它们讲道不是讲长篇大论的教条和处世良方。它们无所拘束地讲个别的道理，讲生命的原始规律。

一棵树说：我身上藏着一颗核，一粒火花，一个念头，我是永恒生命的一度生命。永恒之母拿我作的一掷是独一无二的，我的外貌和皮肤的脉络是独一无二的，我枝梢上叶子的抖动，我树皮上最小的疤痕，无一不是独特的。我的职责所在，就是赋予永恒一个独一无二的外貌并示之予人。另一棵树说：我的力量是信任。我不识我的祖祖辈辈，我也不识每年从我繁衍出来的子子孙孙。我把我种子的秘密活到底，其他概不烦心。我深信，神活在我之中。我深信，我的责任是神圣的，我靠我的信任活着。当我们悲伤、为生活所困时，一棵树可能对我们说：安静！安静！看看我吧！生活不易，可生活也不难，这是小孩子都懂的道理。让神在你里面说话，因此缄默吧。你心里害怕，因为你的路把你从母亲和家乡引开了。但是每一步、每一天都会把你重又引向母亲。家乡并不在这儿或那儿。家乡在你自身之中，别处哪儿也没有。

每当我听到树在晚风中簌簌地响起，心头流浪的向往就翻腾难抑。如果你静静地、久久地倾听，那么这流浪的向往也就会露出真情。这种向往并不是乍看之下的一种高飞远走的意向。它是对家乡、对母亲的忆念和对生命新的比喻的向往。它引向的是老家，每一步是生，每一步也是死，每一座坟都是母亲。

树就这么在晚上簌簌响着，而我们畏畏缩缩想躲开三岁小儿都明白的道理。树的思想更长远、更坚韧，也更沉静，一如树比我们更长寿。它们比我们更聪明，要是我们不去谛听它们。但是如果我们学会了听树说话，我们思想的短促和童稚的不安就恰能得到一份无比的欣悦。谁要是学会了倾听树说话，就不用再渴望成为一棵树了，他将只会渴望成为自身所是，除此以外别无他念。这就是家，这就是幸福。

画之乐

田亩生长庄稼也要钱修整，
牧场的铁丝网潜伏环伺，
极目都是谋生所需与贪婪
的设置，把生趣重重堵死。

但在我眼中，一切都
另有一番秩序与造化，
蓝紫轻狂，绛紫端淑，
我则歌唱它们的无瑕。

或黄色成片，或红黄相间，

或暖红飞上冷绿，
光和色的交映到处浮荡，
在爱的颠摆里抑扬起伏。
精神君临一切，治好一切病患，
碧泉响起在新生的源头，
世界被重新合理分配，
而欢乐与旷朗在心中溢流。

雨天

天快要下雨了，海上的天空乌云满布，空气里有一种怯生生的飘浮不定。我向海滩走去，我下榻的酒店离海很近。

有时候下雨天是清新而提神的，今天的这种雨天却不然。空气异常沉闷，湿度一会儿升，一会儿降。云消了又结，天空被犹豫不决和喜怒无常统治着。

今天晚上我原想好好享受一番，在渔人酒店吃晚餐并且临时过夜，在海滩散散步，在海里泡一会儿水，说不定还就着月光游一会儿泳。可是晦暗而阴沉莫测的天却悒悒怏怏地下起一阵恼人的雨，我也就满心悒怏，在雨后的地里悠来悠去。可能我昨夜酒喝得太多，或喝得太少，也可能我夜里做了什么噩梦。天晓得是什么原因，反正我的心情糟糕至极。空气沉闷令人窒息，我的头脑麻木，世界漆黑一片。

我打算晚餐要一道烤鱼，畅饮一番当地的红葡萄酒。我们总能找些乐子，把日子打发得好过些。我们会把小酒店的壁炉点上，听雨声飘打。我会点一支上好的布里萨戈[1]产的长雪茄，对着火炉举起酒杯，看它发出红宝石般的闪光。如此这般，我们会把今晚消磨过去，我将好好睡一觉，明天一切就会两样了。

雨滴啪啪地打在浅滩上，又冷又涩的风在树丛里播弄着树叶，它们就像死鱼似的闪着钝色的光，魔鬼一定在汤里吐了口痰。一切都不对劲，没有一样东西叫人打起精神，一切都索然寡味，弦不对音，色不对调，令人败兴之极。

我知道原因是什么。不是我昨晚喝的酒不对，或睡的床不好，也不关天下雨的事。是因为魔鬼又拜访了我，把我的每根弦都弄得走了调。我又感到了恐惧，孩提时梦里的、神话里的、学童时代的厄运中常经历到的那种恐惧。恐惧、被不容改变的处境所包围、多愁善感，还有深刻的厌恶，这世界是多么无味！多么恼人，明天又得起床，又得吃，又得活？人到底为了什么活着？人为什么那么容易将就？为什么人不早同鱼虾为伍？问这些问题是毫无结果的。你不能一方面是个流浪汉和艺术家，一方面又要做个小市民和循规蹈矩、收入丰厚的人。你想要酒后的飘飘然之乐，就免不了醉酒之苦！你想亲近阳光和优美的想象，就逃不掉肮脏和令人作呕的腐臭。你身上无所不包，黄金与污秽，快活与痛苦，天真的笑和死的恐惧。你只

---

[1] 瑞士南部提契诺的城镇。

好照单全收，别想逃避什么，也别自欺欺人！你不是个小市民，可你也不是希腊人，你并非灵肉和谐如一，并非自己的主宰，你是暴风雨中的一只鸟。任风雨翻涌去吧！任自己飘摇去吧！你说谎说够了！不下千次，包括在你的诗或著作中，你都把自己装扮成一个灵肉和谐的智者、一个幸运儿、一个清白之人！这些角色在战争中都英勇无比，实际上心里却在打鼓！老天爷，人多么像个猴把式，又多么像个对镜而舞的剑客——特别是艺术家——特别是诗人——特别是在下！

我会要一道烤鱼，会用厚玻璃杯大口喝诺斯特兰诺葡萄酒，会点着长雪茄吞云吐雾一番，把烟屑烟沫吐进壁炉，会想起母亲，会从我的恐惧和忧伤中努力挤几滴甜汁，然后我会睡在薄板墙边一张简陋的床上，听风，听雨，和心跳搏斗，巴望死，害怕死，呼唤上帝。直到一切都过去了，连绝望也困了，而一丝睡意和安慰则开始向我招手。我一直就是这么过来的，二十岁时如此，现在如此，在以后的日子里也仍然会如此，直到长眠之日。我可爱的、美好的生活必然将以这样的日子作为代价。这样的日日夜夜，这样的恐惧、厌恶、绝望必然将一而再，再而三地光临。但我将照样活下去，照样对我的生活珍爱有加。

唉，山岭间的乌云是多么阴沉诡谲！黯淡的光线在海面上是多么无精打采！我一脑子的胡思乱想是多么愚蠢可怜！

乡村小教堂

　　这玫瑰红色的小教堂有一个小小的遮阳棚，造它的人肯定是个和善的、感情细腻的人，也肯定是个虔诚的教徒。

　　常有人对我说，今天已经没有虔诚的人了。人们也大可用同样的方式说，今天已经没有音乐了，已经没有蓝色的天空了，等等。我相信，虔诚的人还很多，我自己就是个虔诚的人，只不过我不是虔诚得一成不变而已。

　　通向虔诚的路恐怕是因人而异的。在我而言，这条路可是充满了错误和痛苦，充满了自我折磨，历尽了蠢事和愚行。我曾是个无神论者，认为虔诚是一种精神上的病态。我也曾是禁欲主义者，把自己折磨得够呛。我不懂得，虔诚原来意味着健康和轻松愉快。虔诚无它，信任而已。凡是简单的、健康的和善良的人都做得到信任，一如儿童和原始人。像你我这样的一般人，既不简单又不善良，就必须要绕尽弯路才能找回信任了。信任必须从信任自己开始。检讨反省、负罪感和良心不安都不能赢回信仰，苦修和奉献也不能，所有这样的努力都求助存在于我们身外的各式神祇，而我们须信仰的神却生活在我们

142

之内，对自己说不的人，不可能接受神。

这个地区可爱而亲切的小教堂啊！你们的符号和经文来自一个非我所信的神，你们的信徒用我所不懂的话祷告。但我能在你们里面祷告，一如在橡树林里或山坡牧地上。你们从绿色中灿放，化为黄、白、红、紫，一如年轻人唱的春天之歌。对你们，每个祈祷都是允许的、圣洁的。

祈祷和赞美歌一样圣洁和疗人心坎。祈祷是信任，是确认。认真祈祷的人无须恳求，只需如实倾诉他的处境和困难，他对自己唱着自己的苦恼和思想，就像幼童所做的那样。在比萨教堂庭院的壁画上，快乐的修士们就是这样在绿洲和鹿群中祈祷的，那是世上最美的画。树木、动物也是这样祈祷的，好画家的画上，每棵树、每座山都在祈祷。

对一个出身于虔诚的新教家庭的人来说，他要经历漫长的道路才能寻到这样的祈祷。他识得良心的牢狱，识得内心得不到统一的极端痛苦，他经历过各式各样的矛盾、折磨和绝望。等快要临近路的尽头时他才惊奇地发现，他在布满荆棘的路上苦苦寻觅的幸福竟是如此天真而自然。但是荆棘之途终归不会让人白走。一个人历经沧桑重返故园比起株守故宅来毕竟是另一番境界。他会爱得更深、更宽容和更少耽于空想。方正不阿是株守者的美德，一种古老的、原始人的美德。对于我们更少壮的人来说，它却不足为训。我们只认一种快乐，那就是爱；一种美德，那就是信任。

143

我羡慕你们这些教堂，有这么好的信徒和教区。成百的祈祷者到你们这儿来倾诉痛苦，成百的儿童围在你们门前，手持蜡烛鱼贯而入。我们的信仰，这些饱经风霜的人的虔诚，却是孤独的。笃信老的信仰的人不愿和我们为伍，而世界的潮流则从我们的孤岛远处流过而不稍停留。

我从近处的牧场采了一些报春花、三叶草和毛茛，把它们放在小教堂前。我坐在遮阳栅的栏杆平台上，在早晨的寂静里哼着我自己虔诚的歌，一只蓝蝴蝶飞落在我搁在灰墙的帽子上。远处山谷里一列驶过的火车发出一声轻鸣，荆丛里还零零落落地闪烁着晨露。

逝

自我生命之树
落叶纷纷飘坠。
哦熙攘的花花世界，
你曾为之腻味，
为之腻味为之疲累，
你曾为之沉醉！
今日风华犹茂，
俄而枯萎衰颓。
凉风瑟瑟吹起，

拂我墓上之尘，

我似幼婴，

苍天之母把我俯临，

我欣然重睹她的眼，

她的眼神是我的星辰，

万物都会逝去，

欣然化为灰尘，

唯有天地之母，

赐给过我们生命，

以玄灵之指

在拂过的风上书写你我之名。

午间小憩

天又重新放晴，到处是清新的空气。这远方的土地又属于我了，我身在异乡却情同家居。我今天逗留的地方是一棵临海而立的树，我画下了一座茅屋、几只牛羊、几片云彩。我也写了一封不打算寄出的信。最后我从背囊里取出午餐：面包、肉肠、干果、巧克力。

不远处有一片小桦树林，我看到地上散满了枯枝。我忽然来了兴致，要生一堆火来做个伴儿。我走过去，捡了好大一捧干树枝，在下面垫上纸，把火点了起来。一股轻烟轻快地升起，淡红的火苗闪烁在正午的骄阳里，使人觉得有几分可笑。

肉肠好极了，我明天还要再买同样的。我的天！要是我身边有几个栗子，现在烤来吃多好！

吃完午餐，我就把外衣在草地上铺平，把头枕在上面，注视着我的祭火之烟袅袅升空。这时候真叫人想起音乐和节日气氛。我想起几首我还唱得出的艾兴多夫的歌。我记得起来的不多，有几首只记得调子，歌词却记不全了。我半念半唱

146

着，按着胡戈·沃尔夫和奥特马·舍克[1]谱的曲子。《渴望去异乡流浪》和《我亲爱忠实的琉特琴[2]》这两首是最美的了。这些歌充满伤感，但这伤感却像夏天的云，上面总有太阳和信任的光。这就是艾兴多夫，艾氏胜过默里克和莱瑙的地方也正在此。

要是母亲还在世，我会想她，会努力尝试，把一切她想要从我这里知道的向她倾诉。

出乎我意料地，走来了一位黑发的女孩，大约是十岁的年纪，她盯着我和我的火堆看了一会儿，拿了一颗核桃和一块巧克力，就傍着我在草地上坐下来。她开始向我叙述，她的羊、她的哥哥，一脸童稚的正经。我们老年人是多么滑稽可怜！过了不一会儿，她得回家去了，她是出来给她父亲送饭的。她规规矩矩地向我道别，趿着木拖鞋走了。她穿了一双红羊毛半长筒袜子，名字叫阿侬齐亚达。

火灭了，太阳也不知不觉偏西了。我今天还有好一段路要赶。我一面收拾并捆紧我的背囊，一面又想起了艾兴多夫的另一首歌，半跪着，我就唱了起来：

静静的时刻多快，啊多快就会来到，

---

[1] Hugo Wolf（1860—1903），奥地利作曲家。Othmar Schoeck（1886—1957），瑞士作曲家、指挥家。
[2] 一种形似琵琶的拨弦乐器。

到时我也休息了，俯临着我，
林间的孤独向我耳语，
再也没有人认得出我。

　　我第一次感到，即使在这一节可爱的小诗里，伤感也只是一片云影。这伤感就像伴着时光流逝的温柔的音乐，没有这音乐，美也就无从触动我们了。这伤感中一点不含痛苦。我带着它上路，轻快地踩着山路的石级，海远远地躺在我的脚下，我走过一条栗子树成排的小溪，岸边立着一间磨坊，水轮已经昏昏入睡，我大步走进静静的、蓝色的午后。

流浪者致死神

有一日你也会光顾我，
你不会把我忘记，
于是痛苦到头，
锁链开启。

眼下你似遥不可接，
亲爱的死神兄弟。
你像一颗冰冷的星
俯瞰着我的无靠无依。

148

但有一日你将翩临，
并且热情洋溢，
来吧，兄弟，我在这儿，
收下我，我原本属于你！

湖、树和山

　　从前有片湖，湖边长着一棵春天树，它枝丫纵横，把自己的绿色和黄色恣意伸向蓝色的湖、蓝色的天。湖的对岸是静静的天，起伏的山峦。一个漫游者坐在树的根部。黄色的花瓣落在他肩上，他觉得困，就闭上了眼睛。一个梦从橙黄的树上落到了他的身上。

　　这漫游者变成了一个男孩，他听到母亲在屋后的花园里唱歌。他看到一只蝴蝶在飞，粉黄的颜色，被蓝天衬着，显得格外可爱。他去追那只蝴蝶，追呀追呀，他跑过了牧场，跑过了小溪，跑到了湖边。只见那蝴蝶高高飞起，飞上了湖面，还继续往前飞，男孩也跟着它飞，飘呀飘地，在蓝空中任意翱翔。阳光洒上他的翅膀，他只顾跟着那只黄蝴蝶飞，不知不觉飞过了湖，飞过了高山，最后，他站在一片云上唱起歌来。天使们围在他的四周，有一个天使看起来像他母亲，她正端着一把浇水壶，弯着身子在浇一片长满郁金香的花坛，就像她想弯身去喝水似的。男孩，这时也是一个天使，向他母亲飞去并伸手拥抱她。漫游者揉了揉眼睛，又闭上它们。他摘了一朵红郁金香，把它插在母亲的胸前。他又摘下一朵，插到她发际。天使、蝴蝶一起飞着，鸟儿、鱼儿、野兽也都出来了。男孩只要叫它们的名字，它们就飞上他的手，成了他的所有，任他抚摸，询问，又再让它们飞走。

漫游者醒了过来，脑中还惦着那个母亲天使。他听到树间的碎叶沙沙作响，一个恬静的生命似金色的泉流自其间，时缓时急。山在远处凝眺着他，神披着蓝色的大氅正倚着它唱歌。他的歌声飘过光滑的湖面传来，那是一支简单的歌，混杂着、交鸣着流自树间的力的轻流，流在心底的血的轻流，还有被那个梦带进他身体的金色之泉的轻流。

于是他自己唱起歌来，用一种缓慢的、拖长的调子。他的歌谈不上什么艺术性，不过像空气或声浪的激盈，又像是苍蝇或蜜蜂的嗡嗡声和嘤嘤声。但是他的歌应和了在远处唱歌的神、树间带歌的轻流和血液里流淌的吟唱。

漫游者就这样久久地哼着唱着，就像风铃草在春天的风里对自己发出簌簌的声音，也像蚱蜢在草丛里奏弄音乐。他唱了足足有一个小时，也可能一年。他唱得像个幼童，像个神仙，他唱他的母亲，他唱蝴蝶、郁金香和湖，他唱他的血液和树的血液。

当他继续往前，脑海里空空荡荡的，走进那边温暖的土地时，他慢慢想起了他的路、他的目的地、他的名字，他甚至想起了这是个星期二，还有，远处的铁路是通到米兰去的。只有在极远处他还听到有歌声，从湖的对岸飘过来。那里，披着蓝色大氅的神还在唱着，可是漫游者越来越听不真切了。

色彩的魔术

神的呼吸飘荡
在碧落蓝天，
光正唱着千遍的歌，
神要这世界色彩斑斓，

白配着黑，暖配着凉，
永远是新换的衣裳，
自乱翻乱拨中，
彩虹总能裁出新装。

在我们的灵魂里，
神的创造与支配的光
变幻着苦与乐的千姿百态，
我们赞美她是我们的太阳。

多云的天空

岩缝间长满了开着小花的野草。我躺在地上，仰望晚天。从几小时前开始，小块的、娴静的乱云便在天空缓缓流动。风必定在云的上方吹着，因为地上纹丝不动，没有一点风意。它在上面把云丝似纺纱般织着。水按照一定的节奏蒸发为云，又重结集为雨，就像四季或潮汐一样循着一定的时序周而复始，我们身体内的一切又何尝不是按照一定的规律和节奏在运行着。有一位弗利斯教授曾经算出了某些由数构成的序列，用来说明生命过程的往复周期，这听起来有点像犹太教的神秘教义，但这种教义未必就不是一种科学。单从它饱受德国教授们的奚落这一点来看，就足以说明它并非一无是处。

我所惧怕的、我生命中的阴暗潮流也是按着某个规律来袭的。我举不出日期和数据来，我从没有不间断地记过日记。我不知道，也故意不想知道，23 和 27 或另外某个数是否与之有关。我只知道，这暗潮时不时地会在我灵魂之中升起，全无任何外部的原因可寻。世界似乎蒙上了一层阴影，就像云翳一般。欢情如隔，音乐失真。忧郁统治着一切，令我感到生不如死。忧郁像发病一样时时来袭，我不知道两次发作之间的间隔，但我的天在缓缓结集云层。开始时总是感到心神不宁，伴着一种对恐惧的预感，很可能夜里还会做许多梦。平素让我喜欢的人、房屋、颜色、声音等等都变了样。音乐叫我头疼。所有的信都叫我扫兴甚至怀疑其中怀有恶意。如果这时候不得不与人交谈，真是莫大的痛苦，而且结果必然是不欢而散。这就是那种时刻，它使人自动戒绝不能有枪；却又使人恨不得能有。怒气、怨气和痛苦波及一切：人、动物、天气、神、手上读着的书和纸、身上穿的衣服的料子，等等等等。但是嗔怒、怨烦却不限于对物，它们最终会弹回到自己身上，我自己才是该恨之人。我自己才是把这世界搅得乌七八糟和面目可憎的罪魁祸首。

今天正好是在这样一个坏日子之后，我让自己好好休息一下。我知道，我将会享受好一阵子安宁。我知道，世界将会多么美，特别对我来说，比对于常人不知道要美多少倍：颜色唱得更甜蜜了，空气浮荡得更欢快了，光晃动得更温柔了。我也知道，我必须用此前几乎活不下去的坏日子才能换得这份享受。对于忧郁，有些好的办法：唱歌、虔诚、饮酒、玩乐器、写诗、漫游等。我乞灵于这些办法，就像修行者乞灵于祈祷书一样。很多时候我感到，天平的一端还是往下沉，因为我的好时刻是太稀太薄了，实在难与坏时刻抗衡。但有时则反过来，我感到自己有了进步，好时刻增加了，坏时刻则减少了。我从不希望发生的是，即使在那最坏的时刻，一种不好不坏的中间状态，一种温温吞吞勉强能过的境地。不！宁可让曲线更陡一些——宁可折磨更深些，好让继来的欢愉时刻更加闪亮！

愁闷逐渐消散了，生活又重新兴味盎然，天空恢复了美，漫游恢复了情致。在这样重复旧观的日子里，我感到的是一种病后复原的心境：疲倦，却无真正的痛苦；柔顺，却心甘情愿；感激，却无须自贬。生活的曲线又开始慢慢回升。他又哼起歌，摘朵花，或舞动几下漫游的手杖。可不是，他还活着。他安然度过了劫难。下一次，他也将照样度过，甚至将经常如此。使我说不清的是，究竟是这丝丝浮云游动的天空以这样的景象映进了我的灵魂呢，还是正巧相反，它恰恰是我心境的写照？整个事情常常就是这么费解！有时候我深信，这世界上没有人能对某道云气的浮游、某些色彩的音乐、某些香味和潮气的摇曳如我一般体察如此之深、之细、之真切，而我靠的就是我一贯的、带神经质的诗人与流浪者的气性。但也有时候，就像今天，我又深疑，我是否根本就没有看到、听到或嗅到任何东西，是否我所感知的一切，只不过是我内在生命投到外界的图像而已。

红房子

红房子，从你小巧玲珑的花园里和葡萄架下发出整个阿尔卑斯山南麓的芳香！我多次走过你的近旁，第一次我的浪游兴致就被你陡然回摆到它的反极，我熟悉的老调调又油然升上心头：有一个家，一座绿色花园中的小屋，四周静谧无喧，可以俯瞰下面的村庄。朝东的屋里是我的床，我自己的床，南屋里是我的书桌，那儿还会挂上那座旧的小小的圣母像，那是我从前旅行时在布雷西亚[1]买的。

就像日子在晨昏之间摆动，我的一生也奔逝在旅游的冲动和家居的愿望之间。或许有一天我会达到一个境地，旅途与异乡已经长入我的灵魂，它们的图像已经深深印在我的心上，所以我就可以享卧游之乐而不必实地印证了。又或许我会臻于另一个境界，我心即我家，那么我也就再也不用理会花园、小红房子等的诱惑了——家在我之中！

这么一来，生活将是多么不同！它有一个中间点，你择中

---

［1］ 意大利北部小城，位于阿尔卑斯山脚下。

而立，便可左右逢源。

然而我的现实生活里却没有这样一个中间点，有的只是从一排排极点到它们对极之间的急促摆荡，这头是家居的向往，那头是流浪的渴望。这头是对孤独和修道院的热望，那头是对爱情与群居的追求！我曾藏书、藏画，后来却又分散一空。我曾耽于逸乐，后来又弃而禁欲修行。我曾虔心笃信，把生命作为本质去敬奉，后来却又只能把生命作为媒介去认识，敬意也转而为爱意了。

当然我自己的改变有待于奇迹的出现，而不是我本人所能为力。谁要是有心寻求奇迹，强邀它，助长它，奇迹反会对他避而远之。我所能做的是，摆荡在一对对正反极之间并随时准备奇迹的不期而至。我所能做的是，永远保持不满意，也永远不以无所栖止为意。

绿丛中的红房子！我已经经历过你，就不该再经历你了，我有过家，给自己造过房子，量过墙和屋顶，在花园里铺过路，在自家的墙壁上挂过自家的画。每个人对此都受一种本能的驱使——我是多么幸福，能够一度听命于本能而生活！我的许多愿望都已在生活中获得满足。我想成为诗人，我成了。我想有栋房子，我造了。我想有妻子和孩子，我有了。我想与人交往，对他们有所影响，我也做到了。每次满足都很快变为厌倦。而餍足正是我所最不能忍受的。写诗开始走味，房子变得太小，原因无他：已经达到了的目标就不再是目标了。每条路都是弯路，每次栖止都孕育新的追求。

我还有许多弯路要走，还会失望于许许多多的满足。一切都要等日后才能显示它的意义。

一切矛盾都消失了，那是涅槃的境界。但可爱的渴望之星，仍然通明地高高照耀着我。

晚上的时刻

晚上，情侣们

在野外徜徉，

女人们散开头发，

店主们数钱打烊，

百姓捧着晚报，

阅读惊天动地的新闻，

孩子们握起小拳，

睡得安安稳稳。

每个人都忙活着

他崇高的本分，

百姓，婴儿，情侣——

我自己是否也有份？

当然！我自有作为，

我本是其奴隶，
它与世情无殊，
自有它的意义。
于是我来回踱步，
内心跳着舞，
哼着俗气的街头歌曲
赞美自己和天空，
喝点酒，幻想自己是
婢仆环绕的老爷，
莫名其妙的忧愁泛起，
感到自己可笑，于是再喝些，
对自己的心说是
（早晨可不能这么做）
从过去的苦痛里
随手织出一首诗作，
看星月浮沉，
若有所悟，仿佛
与它们一起旅行
去不知名之处。

秋日人生

谢莹莹 译

迁居杂忆

（1931 年后）

　　搬入新家意味着新事物的开始，也意味着离开旧事物。因着朋友的厚爱，我得以搬进这新房子，我衷心感谢他以及其他为这房子的建成和装修出过力的朋友们，愿友谊日新。[1]不过现在要我对新房子好好描述一番，称颂赞美它，我还做不到。因为事情刚开始，如何称颂它？日头未下山，如何为这一天唱赞歌呢？在迁入新房子时可以抱种种希望，也愿朋友们祝福新居和我们的未来。对于房子本身真正的情况，必须等到有了经历和体验之后才能够发表意见，这还需有时日。

　　在我迁入新房子的时刻，我可以，也应该回顾一下从前庇护我，让我在其中工作和生活过的房子。我对每一处房子都心怀感激，对每一处都保留了无数的记忆，使我能够给予每一段在那儿居住的时光以自己的面貌。在一个特别重要的家庭庆典上，人们

---

[1]　黑塞的朋友汉斯·康拉德·博德默尔出资在提契诺为黑塞修建了一座房子，让其终生居住，黑塞后与妮侬·多尔宾迁居于此。

总是要回顾往昔，追念故人，因此，今天我想回顾一下我们这美丽房子的先辈，唤醒它们在我心中的形象，和朋友们共享。

虽然我生长在典型的老宅里，可是我小时候并不特别有教养，最主要的是我全心关注自己的问题，不大注意我居住的房间，也不十分关爱它们。对居住的房间我自然也有要求，不过，当时觉得重要的只是我自己的布置，而非其他。令我感兴趣和喜欢的并非房间的大小，也非诸如墙壁、角隅、高度、色泽，等等，我感兴趣的只是我自己带来的东西，我自己安放、悬挂、摆设的东西。

一个爱幻想的十二岁孩童第一次得到单人房间，他的布置是谈不上任何审美和装饰品位的，想装饰的冲动远远强过一切审美品位。我也如此。十二岁时，我从家里那宽敞的房子分得一个房间，这是我第一次拥有属于自己的房间，感到十分自豪。有了房间，我并不想如何布置，如何使用色彩，如何摆放家具，以使得它更漂亮更舒适，床和衣柜放在哪儿，我一点也不在乎，我的全部注意力集中于非实用物品，集中于对我有神圣意义的地方。最重要的是那张高桌，很久以来我就希望有这么一张桌子，如今终于得到了。对我而言，这张桌子最重要的部分就是斜桌面下的抽屉，我准备在那儿建立一个多少带点神秘性质的战利品收藏室，收藏一些不实用也买不到的东西，一些只对我个人有纪念价值、有非同寻常的意义的东西。其中有一个小小的动物头盖骨，我不知道它从何而来，还有一些干树

164

叶、一只兔爪、一块厚厚的绿玻璃碎片，以及类似的一些东西。它们藏在桌面下幽暗的洞穴里，只有我一个人知道它们的下落，别人见不到，它们是我的财富、我的秘密，对我来说，它们比任何其他财富更为宝贵。除了这秘密宝库，桌面靠上的那块平板可算第二重要的地方，这儿已非最私人最亲密的区域，这儿的摆设应带点儿装饰、夸示和炫耀的意味，在这块地方，我不想隐藏和保护什么，而是要显示和夸耀，这儿看起来应该美丽大方。平板上面除了花束和几小块大理石之外，还摆了照片和其他一些图画，而我最大的愿望就是有一座雕像放在上面，不管什么，只要是雕像，只要是三维的艺术品就行，全身像或头像都行。我的愿望如此强烈，有一次竟然偷了一马克，花了八十芬尼买了一个小小的陶制半身像，那是个青年威廉皇帝像，一件毫无价值的批量复制品。

到了二十岁，十二岁时对于塑像的渴望依然存在，我在图宾根做书店学徒时，用自己赚来的钱购买的第一批物件中，就有一个赫尔墨斯和婴儿酒神石膏半身像。要是现在，我大概是无法忍受这种东西的，当时我却强烈地感受到那塑像以及它可触摸到的模仿自然的原始迷人魔力，如同我孩童时代对皇帝塑像那般着迷。虽然赫尔墨斯像比皇帝像要高级一些，但我的审美品位基本上可说没有进步。我也得承认，在图宾根的四年里，对居住的房子和房间，我仍然十分不在意。那四年里，我一直住在父母最初为我找的地方：一座难看的房子里一层的一个朴素的房间，坐落在一条死气沉沉的街上。虽然对美有感受力，我居住在那里并没有觉得不舒服。当然，那也并非真正的"居住"，因为我每天从早到晚都在书店里，回来时天多半已黑了，渴望的只是独处、自由、看书以及自己写作。此外，当时我心中的"漂亮"房间还不是一个漂亮空间，而是漂亮的装饰。于是我的房间里少不了装饰。墙上钉了一百多幅从画报上或出版社书籍目录里剪下的肖像，都是一些我倾慕的人，这类收藏品逐年增加。还记得，买霍普特曼和尼采像时，我叹着气支付了那不菲的售价。那时我刚读过霍普特曼的《小汉娜》，买了一幅他年轻时的照片。至于尼采，买的有一张是他著名的八字胡像，眼睛从下往上看，另一张则是幅油画相片，画上的尼采蜷缩在屋外一张病人的躺椅上，心不在焉地往下看。我常站在这张画前看尼采。还有赫尔墨斯塑像和一张我所能找到的最大的肖邦像。此外，我按照大学生的习惯，在半片墙上对称地挂满了烟斗。这儿也有张高桌，它的抽屉仍然是我的宝库，是秘密的处所，是逃避平凡外界、充满魅力的魔幻王国。不过藏在里面的已不是头盖骨、兔爪或玻璃片，而是我自己的诗文以及随时记录下的幻想。

　　1899年秋，二十二岁的我从图宾根移居巴塞尔，在这儿我才同雕塑艺术有了真正的活生生的关系。在图宾根时，我把属于自己的时间都用于获取文学和哲学知识，特别醉心歌德和尼采，到了巴塞尔，我开始知道注意观察建筑和艺术作品了。在巴塞尔，我交往的小圈子里照顾我帮助我的人，深深沉浸在雅各布·布克哈特[1]的影响中，这位当时刚刚去世的历史学家，在我的后半生中逐渐取代尼采在我心中的地位。在巴塞尔我开始注意居住的品位和尊严，找了一栋老房子，租了一个房间，房里有个古老的瓷砖大火炉，很有历史气息。可惜我运气不佳，炉子吞进大量柴火，房间却总不暖和，而窗外看似很安静的巷子，半夜三点钟就开始有送奶车和送菜车，它们走在石板地上，吵得我不得安眠，所以，不久我就逃离这漂亮的房间，搬到郊区一处现代化的房子去了。

从此我不再租住单间房，不再租到什么就住下，而是开始住整栋房子，并且都是后来我喜欢上的房子。从1904年我第一次结婚到1931年搬入博德默尔的屋子，这期间我一共居住过四处不同的房子，其中有一栋还是我自己盖的。今天我想讲讲这些房子的故事。

这时我不会再随便搬进一栋房子了，我已经见过许多古老的艺术品，去过两次意大利，我的生活也有了大改变，丰富了许多。我辞去本来的工作，决定结婚，并且决定从此完全居住在乡间。这一切的决定以及选择什么样的房子、居住在什么地区，我的第一任妻子参与提供了许多意见。我们决心过一种简朴、健康且尽可能无所需求的乡间生活，我太太米娅非常看重

---

[1] Jacob Burckhardt（1818—1897），文化历史学家，生于巴塞尔，主要研究欧洲艺术史与人文主义。

住地优美的风景及房子本身，房子必须有特色、有尊严，并非随随便便什么房子都可以。她理想中的房子是既有农家味道又高贵的乡间别墅，房子宽敞，屋顶有青苔，并有大树遮阴，最好门前还有泉水潺潺。我的想象和愿望与之相似，在这些事情上，我也很受米娅的影响。于是我们想找的房子就有了定型。我们先在巴塞尔附近的一些乡村找，后来因为我到埃米斯霍芬拜访了埃米尔·施特劳斯，于是博登湖也列入考虑，最后，当我在卡尔夫父亲家写作《在轮下》时，我太太在博登湖南湖畔的小村庄盖恩霍芬找到了一座空农舍，地处一个安静的小广场边，对面就是乡村教堂。我同意她的选择，于是我们就租下这房子，一年租金一百五十马克，非常便宜。1904年9月我们开始装修，最初遇到不少困难和麻烦，家具迟迟不到。后来一切顺利，我们的热情也就随之高涨。楼上房间的原木大梁被我们漆成深红色，楼下两间最漂亮的房间有老的本色松木贴面，厚重的火炉边就是所谓的"艺术品"：这儿靠墙有一张原木长凳，墙上贴了老式的绿色瓷砖，这面墙通厨房的炉子，所以常保持暖和。我们漂亮的猫卡塔梅拉塔最喜欢赖在那儿。这就是我的第一所房子。其实我们租住的只是一半，另一半是农民自用的农具贮藏室和牲畜圈。这是一栋具有南德特色的桁架房子，楼下有一个厨房和两个房间，有瓷砖火炉的大房间是我们的起坐间兼饭厅，沿着半面墙放着未上漆的长木板凳，角落里又暖和又舒服。相邻的小房间是我太太的领域，她的钢琴和书桌都放在那里。有一道简陋的木板楼梯通到楼上，这儿是一间大房间，有两扇斜窗户，从窗户望出去，可以见到教堂和部分湖滨景色。这是我的书房，里面放着一张定做的大书桌，当时的家具，保留至今的唯有这张大书桌了。这儿也有一张高桌，四面墙壁的书架上放满了书籍。进门的时候得注意那高高的门槛，一不小心，脑袋就会撞到那低低的门框上，好些人都在我们那儿撞过头。年轻的斯蒂芬·茨威格进门后根本说不出话，躺了有一刻钟才恢复过来。他进房门时太急太兴奋，没等我提醒他注意就已经重重撞上了。这房子没有花园，只有一小块草地，上面种了两三棵小果树。我沿着房基挖了一排花坛，种了醋栗果和一些花。

　　我们在这里住了三年，其间我的大儿子出生了，我也写了许多诗歌和小说。我们当时的生活在《图画集》里以及其他一些叙述中多有描写。我很喜欢这栋农舍，它有一点是后来其他的房子无法相比的，那就是它是第一个。它是我新婚后第一个家，是我开始以写作为生后第一个正式的工作间，在这儿，我第一次有定居的感觉，恰恰因此偶尔也感觉到被俘虏了，受界限和规矩的约束了；在这儿，我第一次圆了一个美妙的梦，能够自己选择居住地，靠自己的努力建设起类似家园的东西。做这些事花费很少。每个钉子都是我自己钉的，而且所用的也不是买来的钉子，而是从搬运箱的木板上取下的，我一根根在石板门槛上敲直了拿来用。我用粗麻和纸张塞住楼上地板的裂缝，在上面漆上红漆。在房子周围的劣质土地上种花，由于地干，又晒不到太阳，也花了我不少心血。在修整布置这座房子时，我们满怀美好的热情，觉得自己为自己负责，觉得所做的是毕生大计。我们在这农舍里尝试过农家俭朴的生活，过追求自然、没有城市味道、不时髦的生活。引导我们的思想与理想同罗斯金和莫里斯的很相似，也和托尔斯泰的很接近。我们的试验有成功有失败，不过我们两人都非常认真，对一切都全心全意地投入。

每当我想起这栋房子，想起在盖恩霍芬最初几年的生活时，两幅景象、两次经历就会异常清晰地呈现在我脑海中。第一幅景象是一个阳光灿烂的清晨，那天是我二十八岁生日，我很早就醒了，是被一些奇怪的声音惊醒的，身上还穿着内衣就跑到窗口去。窗外站着一群人，是我的朋友路德维希·芬克从邻近几个村子找人凑成的乡村管乐队，他们奏了一支进行曲和一支颂神曲，号角和竖笛的盖子在清晨的阳光下闪闪发光。

另一件事也和我的朋友芬克有关。这次我也是在睡梦中被惊醒，并且是半夜三更的时候，窗外站的不是芬克，而是布赫尔，他来告诉我，芬克刚装修好的房子着火了。我们沉默地穿过村子到那儿去，天映得通红，那座刚刚扩建、粉刷过、布置好、等着迎接新娘的可爱的女巫小屋，就在我们面前烧得片瓦不存，而它的主人正在蜜月旅行，明天就要领着新娘回来。废墟还在烧、烟还在冒的时候，我们就不得不上路堵截朋友，向他报告这个坏消息。

我们慢慢地告别了这栋农舍，感觉上很轻松，因为我们决定自己盖一座房子。有不少理由促使我们做这一决定。第一，我们的经济条件不差，而我们过着那么简单节俭的生活，所以每年都有节余。第二，我们一直渴望有个真正的花园，能住在地势较高也较空旷的地方，这样就能够眺望远方。另外我太太常生病，我们又有了孩子，像浴缸这样的奢侈品对我们来说就不能像三年前那样可无可有了。我们常谈起，如果让孩子们在乡间成长，那么他们应该在我们自己的土地上、自己的房子里、自己的树荫下成长，那样会好些。我不知道我们找了些什么理由来说服自己，我只记得，我们对此非常认真。或许是我们恋家的市民意识在作祟，虽然我们两人对此都比较淡泊，不过也可能是那几年写作成功，生活比较好，因而腐化了。是否做农民的理想也起了一定的作用？我虽然从未确切有这样的一个理想，不过受托尔斯泰和戈特赫尔夫[1]的影响，加之当时在德国大家时兴离城下乡居住，并且有种种道德和艺术上的理由，我们脑子里也有种模模糊糊的信念，就像《彼得·卡门青德》里所表现出来的那样。我不知道，当时我对"农民"一词是如何理解的。今天我则确切知道，我是个完全与"农民"相反的人，我的生性是个游牧者，是个猎人，一个不定居的独行

[1] Jeremias Gotthelf（1797—1854），瑞士小说家比齐乌斯（Albert Bitzius）的笔名。

者。当时我所想的基本上应该也没有什么不同。不过当时没有想到"农民—游牧者"的对比，只想到"农民—城市人"的对比，当时所理解的农民生活，不只是远离城市，更多的是接近自然，不受理智教条约束，而受直觉引导的生活。其实我的乡村理想只是理智命题，当时我却没有感到什么不妥。人的爱好有一种令人惊讶的特别本事，它总是把自己打扮成世界观。我在盖恩霍芬的生活之所以出问题，并不在于我对农民生活以及其他一些事物有错误的看法，而在于我实际上所做的，有部分不符合我心灵真正的希望和追求。我不清楚，米娅的想法和愿望对我产生了多少影响，不过，回想起来，她的影响超过了我所承认的。

总之，我们终于决定买块地盖房子。以前在巴塞尔结识的建筑师欣德曼为我们设计，盖房子的费用则大部分由我的岳父母借给我们，当时土地很便宜，一平方米大概是两三毛钱。我们在博登湖畔居住的第四个年头就买了一块地，盖了一栋漂亮的房子。我们在离村庄很远、面对博登湖南湖的地方选了一块地，从那儿可以看到连接瑞士的湖边、赖谢瑙、康斯坦茨教堂的高顶，还有远方的山脉。房子比原先的宽敞舒适，有儿童房、用人房和客房，有壁柜和壁橱，有自来水，不必像以前一样打井水，有酒窖、水果窖，有我太太洗照片的暗室，还有各式方便我们的设备。搬进去之后也遇到不少麻烦，下水道经常堵塞，脏水积满水池，就要溢出，这时我就得和找来的工人师傅趴在屋前的地上，用小枝条和铁丝通水沟。不过整体说来，一切不错，我们也觉得很高兴。我们的日常生活仍和以前一样简朴，但现在有了一些我以前做梦都想不到的奢侈设备了。我书房里做了贴墙的书架和一个大文件柜，成了名副其实的图书室。家中墙上挂满了画，我们和一些艺术家成了朋友，家里的画有的是买的，有的是他们送的。布赫尔搬走后，空出的房子每年夏天有两位慕尼黑的画家来暂住，两个我们很喜欢的人，至今我同他们还保持着友谊。

书房的取暖设备华丽而漂亮，那是个绿色的彩釉大火炉，煤块在里面可以持续燃烧，不会熄灭。我们为它费了许多事，建造的时候，有一次将一大车的瓷砖送回工厂，因为瓷砖的绿不是我所想象和订购的那么好看。恰恰就是这火炉显示出舒适和精细技术阴暗的一面：这家伙取暖倒是不错，但是，阿尔卑斯山的热风一来，它就制造出煤气，而且又排不掉，于是就大肆爆炸，爆发出的声音至今想起仍然惊心动魄。霎时间，整个房间立刻乌烟瘴气，我们得马上把煤块钩出弄灭，跑两小时路到拉多夫策尔找工人来修理，而书房和炉子也就好几天不能用了。这种事发生了三四次，有两次发生事故之后，房间还弥漫着烟雾，我就收拾手提包，先到拉多夫策尔找工匠，接着从那儿直接去慕尼黑，我是慕尼黑一家杂志社的出版人之一，反正在那儿总有事做的。还好，这种逃亡只是罕见的例外。

对我来说，花园甚至比房子本身还重要。以前我自己不曾拥有过花园，按照我的基本原则，开掘土地、种植树木、莳弄花草以及花园管理都应该自己动手，而我也长年那样做了。我在园内搭了个堆积柴火和农具的小屋，找了一个农家子弟一起划定园中小径和花圃，种植树木，有栗树、菩提树、楸树，一排道山毛榉围篱，还种了许多浆果丛和果树。冬天里果树被兔子和小鹿啃坏了，其他的都长得很好。我们收获的草莓、覆盆子、菜花、豌豆和生菜多得吃不完。我又培育了一种大丽花，修了一条小径，路的两旁种了几百株极大的向日葵，底下种上几千棵姹紫嫣红的金莲花。在盖恩霍芬以及后来在伯尔尼的日子里，统共至少有十年之久，我总是亲手种植蔬菜花木，为它们浇水上肥，除草清道，家里的柴火也都是我来劈断、锯开。做那些事很有意思，也很得益，可是最后它们成了奴隶做的苦工。做农民这游戏是不错，可是只有当它是游戏时才有趣，一旦成为日常生活，成为义务和责任，乐趣就消失了。据我所知的些微消息，胡戈·巴尔在他的书里对这段弯路有很好的描写，虽然把它形容得有些单调，对我的朋友芬克也颇有不公。我们的友谊比他想象的更温馨纯洁、更有趣味。

人的心灵善于对外界的景象进行加工，做许多篡改，更多的是修正，我们记忆中的生活景象受我们内心的影响极深，我对盖恩霍芬第二个家的回忆显示出这一点，这令我很羞愧。离开这座房子二十年了，对它的花园我记忆犹新，对房子本身我只记得书房和连接书房的宽阔阳台，连哪本书放在什么位置都历历在目，而其他房间的样子则变得模糊不清，这真是奇怪。房子盖好，一辈子可以高枕无忧了。房前我们的地界上有一棵老梨树，它安详地伫立在那儿，树下放着我做的一条长板凳。我勤快地在花园里耕作种植，把它修整得漂漂亮亮，不久，我们的大儿子就手拿小铲子，跟在我后面在园里玩耍了。我们盖房子本想一劳永逸，可是事与愿违。盖恩霍芬所能给予我的都给了，我无法在那儿继续生活下去了，于是我经常短期外出旅行，外面的世界那么宽广，我甚至旅行到了印度，那是1911年的事。现在惯于大言不惭的心理学家把这种行为叫作"逃避"，当然，逃避是原因之一。但那也是一种获得距离以纵览全局的努力。我在1911年夏天出发去印度，到了年底才回来。可是，事情还没完。我们对生活不满的内在原因没有挑明说出，而随着时间的推移，外在的因素也掺杂进来，那是一些在夫妻间很容易出现的问题：我们有了第二、第三个儿子，大孩子又到了入学的年龄，我太太常想念家乡瑞士，也想念城市生活，她也渴望朋友和音乐，于是，我们逐渐习惯于认为房子是可以卖掉的，盖恩霍芬的生活只是一段插曲。1912年时机成熟，房子有了买主。

在盖恩霍芬居住了八年，现在我们要搬到伯尔尼去了。我们不想搬到城里，那将意味着对自己理想的背叛，我们想在伯尔尼附近找一座乡间别墅，像我们的画家朋友阿尔伯特·韦尔蒂所住的那栋一样。我到过他家几次，对他那栋美丽而失修的房子和小小的田庄很有好感。我太太自幼喜欢伯尔尼及其生活方式，也喜欢当地的别墅田庄，我则因为有韦尔蒂这样的朋友在那儿，也同意选择伯尔尼。

当我们准备就绪，真的从博登湖区搬到伯尔尼时，一切都改变了。在我们搬家前几个月，韦尔蒂和他太太先后过世，我去伯尔尼参加了他的葬礼。那时事情变成这样：既然我们决定搬到伯尔尼，最好的办法就是搬进韦尔蒂住的房子去。我们内心并不情愿这样做，那儿死亡的气息太浓。我们也在伯尔尼附近找过房子，可是没有找到合意的。于是我们决定搬入韦尔蒂家，那房子的主人是当地一个大户人家，我们接替韦尔蒂租下房子，一些家具和韦尔蒂的狼狗苏希也留下了。

这栋房子坐落在伯尔尼附近的梅欣布尔路，就在维蒂希克芬宫上方，无论从哪方面看，它都符合我们长期以来的想象，是我们这样的人最合适的住宅。这是一栋伯尔尼风格的乡间别墅，有伯尔尼式的圆山墙，山墙十分不规则，又增添了几分吸引力。它是栋 17 世纪的建筑物，农民风格和贵族气息结合得那么恰当，又朴实原始又优雅高贵，好似正是为我们设计的。周边和内部建筑都带有帝国时期的风格，周围古树参天，其中一棵巨大的榆树覆盖着整栋房子，房子里面到处有形状奇特的角隅，给人以神秘感，有时觉得很舒服，有时又觉得有些阴森。一大片农田和农舍也属于这栋房子，田地由一户农家租种，我们的牛奶和花园所需肥料就由他们供给。房子南面有石阶通往低处的花园，那是两块对称的平台梯田式园地，园里有长得很好的果树。离住宅两百米的山丘上有一处被称为"小丛林"的地方，那儿有几棵古老的树木，其中有一些漂亮的山毛榉，这地区最醒目的景色就属它了。房后有石砌泉池，潺潺泉水喷流而出，一棵巨大的紫藤绕着朝南的大廊四周，从阳台望出去，目光扫过邻近地区和许多山丘林木，远方从图恩到韦特峰的山脉一目了然，中间就是处女群峰。我在小说《梦之屋》里对这房子和花园有详尽的描写，韦尔蒂有一幅画就叫《梦之屋》，我为了纪念他而给小说取了这名字。屋里面有许多十分有趣而珍贵的东西，比如漂亮的老式彩釉大火炉、老式家具和装饰，华丽的法国摆钟罩在玻璃罩里，高大的镜子有泛绿的镜面，人照在镜里看起来如同先人画像，还有一座大理石壁炉，每到秋天黄昏时刻我就在这儿生火。

总之，一切都比我们想象的要好得多，可是它却从一开始就蒙上了阴影和厄运。我们的新生活开始于韦尔蒂一家的死亡，这可说是个预兆。然而，起初我们还是好好享受了房子的优点，时常眺望无与伦比的景色和汝拉山的落日，享受美味的水果与伯尔尼老城里的朋友和音乐会，只是一切都有些听天由命、有些压抑，无法真正开怀。几年之后，我太太才对我说起，虽然她和我一样喜欢这栋古老的房子，可是从一开始在屋里就感到惧怕和压抑，害怕突然的死亡，害怕鬼魂出现。逐渐地，改变我的生活，甚至毁了我部分生活的那个压力靠近了。

我们搬到伯尔尼还不到两年，第一次世界大战就开始了，它摧毁了我的自由和独立，引发了我道德上的危机，迫使我重新建构我的思想和生活。家里，我们的小儿子经年生病，我太太也出现了精神病的先兆。当我被战时服役弄得精疲力竭时，代表我幸福的一切也渐渐粉碎了。战争后期，在我们那栋没有电的老房子里，因为缺少煤油，我经常在漆黑的房里闲坐，我们的钱慢慢也用尽了。经历了长时间的艰难，我太太的病终于爆发出来，后来只好长期住精神病院治疗。我们的房子太大，又无人照管，家维持不下去了，我把孩子送到寄宿学校，自己一个人留在变得荒凉不堪的房子里，一位忠心的女仆留下照料。如果不是因为战时有役在身，我老早就走掉了。

1919 年春，服役期满，我终于可以离开住了近七年的中邪的房子。离开伯尔尼的房子我并不难过。我很清楚地知道，对我来说，道德上只存在一种生存方式：不计一切，投身文学创作，只生活在文学创作中，家庭的破灭、钱的缺乏或其他任何事都不要分心去管。如果不这么做，我就完了。我到了卢加诺，在索伦戈住了几星期后，在蒙塔诺拉找到了一栋房子，卡木齐居，于是搬了进去。从伯尔尼我只运来书桌和书籍，其他的家具就用租住的房子里现有的。我在这房子里住了十二年，最初四年整年住在那儿，后来就只在暖和的季节住在那儿，这是我迄今为止最后的住房。

我现在离开的这所美丽奇特的房子对我而言意义深远，在某些方面它是我所拥有或居住过的房子中最漂亮最奇妙的一所。当然我既不拥有它，也并不居住整栋房子，只是租住其中一套四间的小住宅。我已经不再是拥有房子、孩子、用人的房主，不再是一家之主了，没有狗可叫，没有花园可修整。我成了个一无所有的小文人，一个衣衫褴褛形象可疑的外来者，靠牛奶、米饭和面条维生，破旧的西装穿到破烂为止，秋天从树林里捡来一些栗子就当晚餐。不过，我的试验成功了，不管经历了什么苦难，总的说来，这些年的日子是美好而又丰盈的。我似从经年累月的噩梦中醒过来，大口吸吮着自由、空气、阳光、孤独和工作。搬来后第一个夏天我就先后写了《克莱因与瓦格纳》和《克林索尔的最后夏天》，内心因而轻松了许多，于是能够在冬天动手写《悉达多》。原来我并未倒下，我再度振作起来了，我还能工作，还能集中精神，战争的那些年并未如我隐隐所害怕的那样把我的精神给毁了。这些年里，如果不是许多忠诚的朋友经常予我资助的话，我是不可能挺过来的，更不可能写出这些作品。没有温特图尔那位朋友的支持和那几只可爱的暹罗猫，我就做不到这一切。库诺·阿米特[1]出于深厚的友情为我做了一件特别重要的事，他收留了我的儿子布鲁诺，为我照料他。

就这样，我在卡木齐居一住十二年，《克林索尔》以及我

---

[1] Cuno Amiet（1868—1961），瑞士画家。

其他一些作品对这栋房子和花园有所描写。我为这房子画过几十张水彩和素描，画下它纷乱、复杂、随意的形态，特别在过去两年的夏天里，为了告别，我分别从阳台、窗口和平台上取各种不同的角度画下这房子和花园里各个美丽绝伦的角落和矮墙。我的宫殿是仿造巴洛克时期一座猎宫建造的，是七十五年前一位提契诺建筑师的随兴之作。除了我还有不少人租住在那儿，不过没有人像我住了这么久，我相信，也没有人像我这么爱它（也嘲笑过它），慢慢让它成为自己的第二故乡。当初的设计者特别注重豪华和生动活泼，他克服巨大的地形方面的困难，造起这样一座既庄严又滑稽古怪的宫殿，它的外貌多彩多姿。正门前一条俨似王侯家的华贵阶梯戏剧性地直通底下的花园，花园由许多梯田式的园地组成，由阶梯、斜坡和围墙连接起来，一直延伸到底下的峡谷，园里有各式各样的南方古木，它们盘根错节，身上爬满紫萝，甚为壮观。对于村子而言，这座房子几乎是隐藏起来，看不见的。从山谷底下看上来，它台阶形的山墙和许多小尖塔从宁静的林脊露出，看上去像是艾兴多夫小说中浪漫气息浓厚的乡间宫殿。

十二年里，这儿也有过一些变化，我的生活以及房子和花园都有了变化。花园里那棵古老壮观的洋苏木是我见过的最大的树，每年 5 月到 6 月底它总是繁花盛开，到了秋冬，又结出紫红色的果荚，看起来真是奇特。一个秋夜，这棵大树被台风刮倒了。我在《克林索尔》中描写过的那棵巨大的木兰树，靠我的小阳台很近，幽灵似的大白花快要伸到我房里来了，可是，有一次我不在时它被砍掉了。又有一次我离开了很长时间，等到春天从苏黎世回来时，我那可爱的大门真的不见了，门洞被砌住了，我站在它前面，感觉似中了魔法，又似在梦中，找不到入口。原来他们改建了房子，却未事先通知我。然而所有这一切都没有改变我对这座房子的喜爱，它比以前任何一栋房子更属于我，因为我在这儿不是丈夫和父亲，这儿的家只有我一个人，在大灾难之后，我在这儿坚守岗位，挣扎着度过了恐惧不安的艰难岁月，时常以为岗位已经完全失去了。许多年里，我在这儿备尝深刻的孤独，这孤独使我得到享受，同时也令我痛苦，我写了许多文学作品，画了许多画，它们可以说是给我以慰藉的肥皂泡，我和这儿的一切如此紧密相连，少年时代过去之后，我同外界从未有过如此紧密的关系。为了感谢这房子，我常画它、赞美它，我尝试以各种方式回报它以自己的本色所给予我的。

如果不是重新遇到一位生命伴侣，如果我还一人孤独地生活，那么，我就不会想到搬离卡木齐居，虽然这房子对一个渐渐进入老年并且健康情况不佳的人来说，许多方面都不尽如人意。在这童话般的房子里，我曾冻得半死不活，还受过各式各样的罪。因此，近几年来常有搬家的想法，或买或租或甚至盖栋房子，以便晚年有舒适和健康的安身之地。不过这只限于想想，只是愿望。

而美丽的童话发生了：1930年春在苏黎世，有一天傍晚，我们坐在"方舟"喝酒，聊着聊着，聊到了房子和盖房，我想有栋房子的愿望也提到了，好友B突然对着我笑，他大声说："您会有那房子的！"

我以为那是玩笑，是我们酒兴正浓时一个美丽的玩笑。但是，玩笑成真，我们当时想象中的房子如今建好了，它是那么宽敞、那么漂亮，我有生之年可以居住其中。于是，我再次布置房子，再一次为"毕生"而装修布置，这次大概不会有变了。

要写这房子的故事，现在为时尚早，因为故事才刚开始。现在要讲的是其他房子的故事。让我们举杯，感谢我们乐于助人的好朋友，为他们也为新房子干杯。

提契诺之秋

（1931）

　　有时候，我们提契诺的夏天迟迟不愿下决心离去。有几年的夏天，炎热而多暴风雨，8月底9月初的时候，忽然来几天的狂风暴雨，闹够了，夏天便突然一下子衰老，精疲力竭悄悄离去；又有几年，夏天迟迟不肯走，几星期之久没有狂风暴雨，天朗气清，非常可人，非常安静，像施蒂夫特[1]描写的晚夏，天是蓝色和金黄色的，平静温和，偶尔吹来南方的热风，一两天之内，摇动着树木，摇落的栗子还带绿色，蓝天变得更蓝，群山暖和的紫色变得更具光彩，透明的空气更增添了一分清澈。树叶用几星期的时间十分缓慢地变了颜色，葡萄藤于是变成黄色、褐色或者紫色，樱桃变为猩红色，桑树染上金黄色，在那一簇簇暗蓝色的刺槐间，过早变黄了的椭圆形小叶子闪烁着，像是闪光的星星。

---

[1] Adalbert Stifter（1805—1868），奥地利作家、画家，作品以生动描绘自然景观而闻名。

我在这儿经历过十二个这样的夏末初秋，有时作为漫游者，有时作为静静的观察者，有时作为画者。葡萄收获的季节里，在金黄色的葡萄叶子和深蓝色的葡萄串之间，采葡萄女的红色头巾闪动，孩童的欢呼响起。在晴转阴又无风的日子里，我们谷底湖边的一大片土地上，处处升起秋日乡间的蓝色烟柱，这些烟围绕着附近的地区又渐飘渐远，把远和近联系起来了，每当这样的时候，我心底常会升起一种艳羡之情，还有一丝淡淡的哀愁。秋日里，农民收获葡萄，酿造葡萄酒，把马铃薯储藏到地窖里，他们嫁女娶媳，在自家院里生火烧草，在火里烤着林子里刚成熟的栗子。当年纪渐长的漂泊者见到篱笆内安居者这种生活情况时，他们就会有这种羡慕和哀愁。对漂泊者而言，安居的农民生活得多么美妙，多么值得羡慕，那是典范的生活方式，当秋天到来的时候，他们做着带有庆典意味的工作，按照田家习俗做事，唱他们的歌，采他们的葡萄，修补他们的酒桶，点火烧枯枝落叶，为了站在火旁看，为了烤栗子，为了望着温和的青烟袅袅上升，慢慢嬉戏着散开去，为那过于透明的景色加上一些神秘、隐蔽、暖和与充满希望的色彩。看来，人们在野外和花园里烧火不为别的，为的就是这个。说起来，点火是为了烧掉无用的黑莓枯枝和马铃薯枯叶，让土地得些灰肥；烧有刺的栗子外壳，是因为让它们留在草地上牛吃了有危险。不过，任何一个在桑树和葡萄藤之间随便什么地方似在梦幻中拨弄着火的农民，他之所以点火，看来是为了这梦幻般的情景，为了这幼稚的牧童闲散，为了将远方的蓝色和近处的红、黄、棕诸多色彩连接起来，用这似在梦境里捉摸不定地缓缓散开的青烟将远和近更为温柔、更为亲切、更富于音乐性地连接起来。每年在这季节，烟就是这样从早到晚弥漫在这色彩斑斓的土地上，为它蒙上一层面纱。

我时常在一旁看着袅袅青烟和蹲在火旁的大人小孩，看着他们懒洋洋不在意地干着一年里最后的农活。他们饱足和微微困倦的样子，让我想起蛇、蜥蜴以及一些昆虫在秋天的活动，天凉了，它们就困倦地、轻轻地蹒跚而行，那么缓慢、那么镇静地来回从事着一贯的活动，过了一个饱足的夏天，因阳光而疲倦，渴望得着冬日的休憩，渴望睡眠和昏暗。我对他们总是有些妒忌羡慕：对牧童菲利斯和被称为乡绅的富农弗兰契尼，对围着野火烤栗子的人们——他们站在那儿，拿根冒烟的小枝条从火焰中钩出栗子，对唱着歌的孩童，对怠倦地在花朵上爬着的蜜蜂，对准备进入冬季的无忧无虑单纯健康和平的大自然，对简朴的农家生活。我的羡慕并非没有缘由，因为我对这种全心投入烧火的朴素幸福和秋天的懒散也曾深有体验，有几年我曾在自己的花园中种花莳草，曾在那儿烧枯枝落叶。失去那个家之后，每当秋季到来，我就会有失落的感觉，秋引起我深深的乡情。在我看来，能够在一个地方生根，有一小块土地供我爱恋、供我种植，而不仅仅是供观察和绘画，能够参与农民和牧人的小小的快乐，参与维吉尔的快乐，能够生活在两千年节奏不变的农民的日历中，是美好而值得羡慕的命运，虽然我经历过、体验过这样的生活，知道仅此并不能够满足我，不能使我觉得幸福。

看吧，如今这令人羡慕的命运又一次落到我身上了，就像熟透了的栗子从树上落下，掉在散步者的帽子上，只需打开来吃。出乎我的意料，我又一次成为安定居住一处的人，有了一块地！那不是我的财产，但可供我终身享用。最近刚刚在这块地上盖好房子，搬进去住了，于是，我又开始过上记忆中还熟悉的农民生活。现在我不打算热情昂扬地急切投入，我将从容行事，不把它当作工作，而更多是作为闲暇的消遣，我将对着青烟做白日梦，而不去开垦林地、种植树木。不过，我还是种了一排荆棘篱笆、一些树木和矮树，还种了许多花。在这夏末初秋的日子里，我几乎每天都在园里草中度过，干许多小农活，修剪修剪篱笆的嫩枝，松土平地为来年种蔬菜做准备，扫除园中小径，清理井旁四周。干着这些杂活的时候，我总是在地上点火烧杂草枯枝、烧栗子壳。

在我们生命中，无论平时情况怎么样，有时会出现那么点像幸福、像满足的东西。是的，它不会长久停留，这或许更好。在那一刻间，感觉是多么美妙，安居的感觉，拥有家园的感觉，与花草树木土地泉水为伴的感觉，为一小块地、为五十棵树、为几畦花、为无花果树和桃树负责任的感觉。

每天早晨，我在画室的窗前捡几个无花果吃，接着拿起草帽、篮子、锄头、耙、大剪刀，走向秋日的院子。我站在篱笆旁，把它从一米高的杂草中解放出来，把藤蔓、蓼草、木贼、车前草等堆成一堆，点起火，加几块木柴，再盖上一些绿草，这样就可以烧得慢些。我看着青烟连续不断缓缓游移，如同泉水缓缓流淌，穿越金黄色的桑树之顶，流向弥漫着蓝的湖光山色和天空。邻近传来我的同工们熟悉的声音，在我家水井旁有两个老妇在洗衣裳，她们边洗边聊些家长里短，不断冒出"巴不得如此！"和"上天作证！"这样美丽的口头语以证明所说不虚。从谷底上来一个光脚的漂亮孩子，那是图里奥，是阿弗里多的儿子，我还记得他是哪年出生的，那时我已经定居蒙塔诺拉，如今，他十一岁了。在这蓝色的天地里，他破旧的紫色衬衫显得很好看。他赶着四头灰色的牛，来这秋日肥沃的草地上放牧。牛用毛茸茸的粉红色鼻子闻着火堆冒出的烟，想检验出这是什么味道，几头牛头对头或对着桑树磨蹭着，接着慢慢走开，停在一行葡萄旁边，想拉葡萄藤时，小牛倌就发出警告声，于是牛继续走，脖子上的小铃铛发出清脆的响声。我继续拔蓼草，觉得它们被拔很可怜，可是我得保护我的篱笆，只好拔。潮湿的土地里，原来隐藏着如此多的生命，植物和动物都有：一只淡而漂亮的褐色蟾蜍避开我的手，脖子胀起，用它宝石般的眼睛看着我；灰暗色的蚱蜢唬得飞起来，翅膀展开竟是红蓝相间的；草莓的叶子边缘细微的齿形是那样精致。图里奥看着他的牛，他才十一岁，也不是个懒惰的孩子，可是连他

187

也感觉到季节的气氛，感受到夏天过去后的满足、收割过后的懒散、朦胧的渴望，渴望冬日里的休养生息。他轻轻地懒懒地闲荡着，常常十几分钟一动不动站住，他褐色聪慧的眼睛望着蓝色的大地，望着紫色山脚下的村庄，有时嘴里唧着个生栗子，唧一下子就吐掉。最后他躺在草地上，拿出他的小牧笛，轻轻地试着，看看能吹出什么曲调，因为它只有两个音阶。事实上这两个音阶足够吹出许多曲调，它们足以歌唱这蓝色的景色、火红的秋日、懒散游去的青烟、远处的村落和湖面淡淡的照影，还能歌唱这牛群、这井旁的洗衣女、褐色的蝴蝶和红色的石竹。他的原始乐曲时起时落，这样的音乐维吉尔已经听过，荷马也已经听过。这简单的乐曲感谢着诸神，感谢着大地，感谢着酸涩的苹果、甜蜜的葡萄和坚实的栗子，它赞美这谷底湖区的蓝、红、金黄和欢快，赞美远处高山的宁静。它描绘并赞美城里人无从认识的生活，这生活不像城里人想象的那么粗野，也不像他们想象的那么美妙可爱，既不富于精神氛围又缺少英雄气概，却像遗失了的家园，牢牢吸引着讲求精神生活和英雄气概者的心，因为这是最古老、最经久不衰、最简朴而又最虔诚的人类的生活，是农民的生活，勤劳而艰苦，但不匆忙，并且没有真正的忧虑，因为这种生活的基础是虔诚，是对大地、空气、水、季节以及动植物之神明的信赖。我谛听着这曲调，在快要烧尽的火堆里加上一铲枯叶，真想就这样永远站在这儿，没有任何需求，静静地，目光掠过桑树金黄色的树顶望向色彩斑斓的丰盈景色，这景色令人心旷神怡，如同恒久的存在，虽然不久前盛夏还在此肆虐，而不久后冬日的风雪也将侵袭它。

秋日人生

（1952）

今年的夏天真是无与伦比，它赐给我的礼物、节庆和心灵体验非常丰富，它带来的折磨和工作也非常多。就是这个夏天，在它接近尾声的时候，渐渐失去了一些友善、恩赐、欢乐的色彩，有时发作发作愁绪、怒气和不悦，而且已经开始有了厌倦和乐于死亡的气氛了。夜间就寝时满天星斗，第二天早晨迎接人的有时是一束惨淡、疲惫、病恹恹的光，潮湿的阳光散发出凉气，天上不成形的云无力地一直挂到谷底，似乎随时会下倾盆大雨。原本还在夏日的丰盈和生机中呼吸的世界，发出了秋的味道，让人闻到凋残和死亡，令人感到悚然。虽然树林和山坡上仍是绿色一片，一般在这季节草已经烧了，山坡变成褐黄色。刚才还健壮的夏末疲惫了，它情绪不定，不过它还活着。每在无力、厌烦之后，它总是不甘心，会再次活跃，挣扎着回到美丽的前天，这样复活的日子有一种特别的、动人的，近乎令人悚然的美，是9月戴上光环的微笑，这微笑里夏和秋、力量和衰竭、意志和柔弱十分奇妙地糅合在一起。在某

190

些日子里，夏天的迟暮之美慢慢地挣扎着出来，时不时歇一口气，明亮柔和的光犹豫地照遍整个地平线，也笼罩住山顶。到了晚上，天朗气清，世界沉浸在宁静平安之中，预示明日又会是个好天。可是，一夜之间一切都消失了，清晨，雨在风中飘过湿漉漉的大地，昨晚满是应许的欢快微笑被忘光了，烟雾似的色彩被抹掉了，昨日战斗中的勇气和胜利，现在重又消失在疲惫之中。

我带着怀疑和不安观察着这气候的变幻无常，不单是因为我的日常生活受到这种风雨的威胁，我得被关在屋里，不得外出。还因为有件重要的事需要暖和的好天气：一位亲爱的老友即将从施瓦本来访。他的访问已经推迟了好几次，过几天终于能够成行。他只想在我这儿停留一晚，如果从他到达到离开都是阴雨天，那将多么遗憾啊。我就这样满怀忧虑地看着天气的变化。妻子不在家的这段日子，儿子陪伴着我。树林和葡萄园的事由他帮忙，我则在家做着我日常的工作，也为访客找出一件礼物。晚上和儿子闲聊，我总讲点我朋友的事，讲我们的友谊以及他的为人、他的工作。他国家的有识之士认为他是最优秀传统的继承人，是最优秀传统的代表，是他们敬爱的杰出人才。据我所知，奥托，我的朋友，已经有几十年未曾到南方来了，如果迎接他的是阴雨天，如果他所看到的将是笼罩在潮湿暗淡之下的房子和花园，如果他将在阴霾寒冷之中从我住处眺望谷底的湖面，这会使我感到抱歉、难过。可是，我暗地里还担心着另一件事，那是一种狭隘、羞于启齿的想法：这位我从小认识的朋友，先做过律师，后来做过市长，又做过一阵子公务员，退休后有许多荣誉头衔，有些还是很重要的，但他从没有过过舒适甚或豪华的生活，希特勒时代作为未被同化的公务员，他带着一大家子过着忍饥挨饿的日子，战争、轰炸使他的家产毁于一旦，而他勇敢且无怨地安心过着斯巴达式的无所需求的生活。当他看到我这未遭战争之难的人，住的是如此宽敞舒适的房子，有两间书房，有用人，还有一些其他我很难放弃而他可能会认为是过时的奢侈享受，这时他将怎么想呢？当然，他多少对我有所知，他知道我曾长期穷困，我现在舒适丰盛的生活是我付出了许多牺牲之后获得的或是友人馈赠的。他是我朋友中最为忠厚老实的一位，虽然我的好境况不会引起他的妒忌，但是最终他可能得压下他的微笑，他对我这儿的多余无用的东西可能会感到可笑，而那些东西对我似又不可或缺。生活总是带领我们走一些可笑的道路：从前我曾因为穷困、因为衣裤破敝而尴尬为难，如今我又得为我的所有和舒适生活感到羞愧。这一切始于接待第一批流亡人士的时候。

朋友还未到，我和儿子聊起我和他是何时何地最初相识的。六十一年前的一个9月里，我们的母亲送我们到毛尔布龙修道院上学，我曾在一本小说里写了这事，这入学典礼当时在施瓦本是尽人皆知的。在那儿奥托成了我的同学，但还不是朋友。我们成为朋友是重逢后的事，这友谊感情起伏不大，真心实意且牢固地维持着。我这位朋友对文学有一种直接的强烈感应，他从博学有教养的父亲那儿得到继承，自己一生中又不断培养文学修养，这使得他对一个与他共享回忆的作家及其作品有特别的感受力。我十分羡慕这位朋友，有时甚至到了妒忌的地步，羡慕他能够牢牢扎根于家乡的土地和人民，这赋予本已成熟安详的他安稳的环境和宽广的生活基础，而这是我所缺乏的。他远非民族主义者，对爱国主义者的自大和吼叫可能比我还反感，但是他谙熟施瓦本，谙熟它的风貌和历史、它的语言和文学、它的成语和风俗，他熟悉家乡民众的秘密、他们成长和生活的规律，还有他们的疾病和险境，这些他自幼耳濡目染所得知的东西，加上几十年的经验和研究，已经成为一种知识，这是某些夸夸其谈的爱国主义者不得其门而入的知识。对我这圈外人来说，他所代表的是施瓦本最优秀的品质。

他终于到达了，重逢的欢乐开始了。他比我们上次见面时老了一些，动作也缓慢了一些。不过，和往常每次相见一样，我总觉得，对我们这种年龄的人而言，他实在显得健壮，他勤于徒步漫游的双腿稳如磐石，我站在他身旁，像往常一样，显得弱不禁风。他不是空手而来的。作为我施瓦本亲戚的信使，他带来一个重重的包裹，里面有我自 1890 年到 1948 年给我姐姐阿德勒的信，能保留下来的都带来了。他的到来不但使我有可能在谈话中召回过去，还带来整整一箱记录着的浓缩的往昔。虽然我预先为他挑选好的礼物现在显得没有什么分量了，我却不再感到羞愧，高高兴兴轻轻松松带他参观了整栋房子。我们两人都因对方而高兴，他处在旅行的兴奋中，我则因客人的到来而捡回了一段童稚年华、一片少年时代的故乡。我说服他，不要只待一晚就走，他同意多留一天。他对待我的儿子非常友善有礼，七十五岁了，却并不感到新认识人是种负担，反倒具有启发意义，是乐趣。马丁也感觉到，他有幸认识一位特殊的、难得的人物，我们两人站在房前谈话时，他偷偷为我们拍了一些照片。

　　读到我这篇文章的人，只有很少人有我这个年纪。他们中大多数人不知道，少年时代的信物对于老人意味着什么，特别是对于长期生活在远方的老人。一件旧家具、一张褪色的照片、一封信，都能够重现少年时代的真实。信纸和笔迹一下子打开过去生活的宝库，照亮了它，我们在那儿会发现一些绰号、一些熟稔的用语，这些现在没人听得懂，我们自己也得稍稍用心才能弄清楚它们的语气和内涵。而和一位与你共度青少年时代的友人相见，他认识你早已辞世的老师们，记得一些你已忘记的有关他们的事，其意义就比见到物品要重大得多。我们互相看着，我的同学和我，我们看到的不仅是对方的白发和满是皱纹的眼睑下无神的眼睛，我们在今日的后面还看到了昨日。现在不仅是两个老人在聊天，还有奥托和赫尔曼在说话，我们在对方一层层的岁月下看到了十四岁时的同学，听见他当时童稚的声音，见到他坐在教室里，还见到他做鬼脸，见到他头发散乱眼睛发亮地踢球或赛跑，又见到他初识美好精神食粮时，童稚的脸上兴奋和感动的表情。

所有老人的想法基本上都是历史的，几十年的经历和苦难一层层覆盖在人的脸上，覆盖在人的精神上，人在青少年时代没有的历史意识，到老年通常会有，这可归因于他认识这一层层岁月。最上面的一层，对于少年很是适宜，而老年人不仅仅满足于此。老年人并非不愿见到或者想要除去最上面一层，但他也想看到它下面一层层的经历，有了过去，今天才算是完整无缺的。

我们的第一个晚上真是个节庆。我们谈的不仅仅是少年时代的事，也不仅仅是我们的生活、健康状况或是刚去世的一位毛尔布龙的同学，我们也谈到对一般事情的想法，谈到施瓦本和德国。我们谈到那边的文化生活和一些同辈重要人物的事迹和苦难。不过我们的谈话主要是愉快的，即使谈到很严肃的问题，我们也带着距离轻松对待，带距离看当前的事对于我们年岁大的人是很自然的，也是比较合适的。可是，这一切还是使我这个习惯隐居的人兴奋了。我们吃饭的时间比平时长，整整谈了三小时，家乡来的问候使我感到温暖，我被引进记忆深处的丛薮中，我知道，这一晚我将无法安稳入睡。事实也是如此，不过为这美好的经历我非常乐意付这个代价。只是第二天我病了，一点精神也没有，幸好儿子帮了许多忙。我的朋友则精神抖擞安稳如常，我从未见过他生病、紧张、厌烦或疲倦的样子。上午我吃了点药，什么也不做，到了中午，又能够与人交谈了。天朗气清，我和朋友坐车到附近的小山丘转转。见到朋友睡足了觉，精神饱满，对所有事物都感兴趣，我既不羞愧，也不妒忌。这位亲爱的朋友有平静的心灵，周身环绕着一层古典的宁静光环，我满怀感激满心情愿觉察到了，也愿它对我产生一些好的影响。我们两人的个性、体格、天赋如此不同，这真是极美妙极对的事。更有甚者，我们两人都能不违背天性而成为自己该成为的那种人，这有多好啊！他成为一个冷静勤恳的公务员，而对诗文和做学问都有强烈的爱好，我成为一个神经紧张、容易疲惫而内里却韧性很强的文人。总而言之，我们两人都在相当程度上做到了自己对自己该要求的，对社会该做的。或许奥托的生活比我更为幸福一些，不过，我们不多想幸福不幸福，总之，那不是我们努力的目标。

有一件事我走在他之前。我比他大三个月，已做过七十五大寿，我顺利地过了关，也答谢过了，庆典的主办人很通情达理，豁免我必须出席。而他，我强壮的施瓦本朋友，还得面对这一切，而且没有得到豁免。不久，他得出席生日庆典，有不少荣誉将加于他，那将是很累人的事。我送他的生日礼物，一张小小的画稿，已放在斯图加特一个朋友那儿。毫无疑问，对这一切他会比我应付得好，他知道如何仪态大方不失尊严地面对庆贺、致辞和荣誉，他会有礼地回敬那上百次的握手和鞠躬。他虽不像我曾曝光于公众，然而离群索居也不是他的生活信条，有很多人认识他，除了纳粹他可能还有别的敌人，他也经受过战斗。现在，在他忠贞勤劳的一生进入晚年的时候，在有识之士的眼里，他已是施瓦本精神不可或缺的代表。我们没有谈到即将到来的生日庆典，可我们谈到一些与家乡文化生活有关的机构，在困难时期，他以自己的工作给了他们极大的支持，甚至可说救活了他们。我们也稍稍谈到我们的妻子，说起他的妻子最近生了病，说起我的妻子几周前出外旅游，她去了伊萨卡、克里特和萨摩斯，这是她早就想去的地方，她平日辛劳，理应得到这旅游的享受。

我们相处的第二晚也同样和谐愉快，从往事的宝藏里又挖出许多新东西，还从他的经历里找出一些好格言。他过于认真，又过于珍爱语言，这样他就不可能成为一个夸夸其谈随意道来的人，不过，他并不拙于言辞，只是说得慢，选择词语时非常细心。这天晚上，我们坐在一起的时间比预定的长，他预备第二天一早就离开，这时间我还不会开始活动，我的儿子会好好送他走。晚上告别时我们相视微笑，没有说出我们正在想的事："这可能是最后一次了。"我把他带来的一大包信带到睡房去，那天晚上并没有打开来看，我只是久久地想着我朋友的一生，那么勇敢、有耐心、有骑士风度的一生，我要把他的形象牢牢记在心中。

他的一生虽也遭过命运的捉弄，有过困顿的时候，整个说来却稳定有规律，比较平静。相比之下，我则情绪不稳，生活波动大，节奏怪异。当然，对某些问题，特别是政治问题，在别的时候或许我们无法像现在这样不带激情、完全无所顾忌地谈。尽管我们的人生道路和方式完全不同，但此时到了老年，我们都已进入冷静观察的境地，彼此能够坦率说出自己的想法，不必害怕对方误解或恼怒，即使谈的是敏感的事，事实上，我们的看法也能从对方那里得到认可。这是否只是一次难得的侥幸机会？是不是还有许多别的人，如果我认识他们的话，也可以以这样的语调和慢速和他们谈话？这问题不提也罢。在晚年时刻，当生命走向第五音阶，在追求有意义的消亡时，与另一个人一同经历这同种音调，无论如何是件值得高兴的事。对我而言，与客人相处的这天收获良多，是在过节，相信他也有同样的感受。

那几天，每当下午躺着休息的时候，我就开始读读旧信。这里面没有毛尔布龙时期写的，不过有我在图宾根和巴塞尔时写的，这样，在和朋友一起回忆时，这一段欠缺的少年时代的生活，就可以用我自己的信来填补了。我每天饭后用一刻钟到半小时的时间读读 19 世纪 90 年代写的信。那里面写到我读歌德、读裘相、读 C. F. 迈尔，忽然之间我见到图宾根我住的那间房间墙上挂满从杂志和广告上剪下的图片，都是我所能找到的诗人和音乐家的肖像，最漂亮的是一张很大的肖邦像，那是张照相版，四周镶有宽边，我花了三马克买的，那时候三马克算是不少钱了。在这些著名人物的肖像之间，细心对称地挂了一些大大小小的烟斗，最大的一个是彩色的，站着吸时烟斗会碰到地。忽然我又见到那张未上漆的站立写字台，这些信大多数是我站着在那儿写的。从这一刻起，我对自己当时的字迹又熟悉了。在图宾根那几年里，我的字曾有一次大改变，那是因为上了几星期习字课的缘故，那课也教人如何在书写时避免手指痉挛，记得那是我在书店的老板松内瓦尔德让我去上的。他和几位同事的样子、几位图宾根的教授和几个我倾慕过的女孩的形象现在清楚地显现出来了。我又想起晚上走到斯瓦茨罗赫喝酸奶、夜里沿着涅卡河的大街散步、星期日坐车去罗特林和利希特斯坦的情景，也想起当时的朋友们和游伴，这时的朋友中还没有奥托，与奥托成为朋友是后来的事。我在《赫尔曼·劳舍尔遗留的文稿和诗歌》一书中描写的图宾根时期的朋友如今大多仍在世，不过我只同其中两人有点儿联系。

秋意越来越浓，雨天越来越阴暗，晴天越来越冷，好些山顶上都铺盖了雪。客人离开后的那个星期日天气特别好，我们驱车出游，上了一块可以看到瓦利斯山的高地。大多数村庄周围的葡萄园里都有人在摘葡萄。这绚丽的景象令人愉悦，我们想，如果我的朋友能和我们共享这一切该有多好：远处群山的蓝、白、黄，这水晶般清澈的空气，葡萄园里衣着斑斓的人群。

就在我们想着他的时候，我的朋友与世长辞了。

他心情舒畅平平安安回到家里，给好几位朋友写了明信片，告诉他们，他来蒙塔诺拉看过我，我的姐姐也收到一张，他也给我写信报平安，接着就忙起工作上的事了。就在那天下午，当我们陶醉在秋日阳光和斑斓色彩中的时候，他骤然去世，他感觉到不舒服，没有什么挣扎，在很短的时间内就过去了。第二天早晨我就收到电报，要我简单写几句话让人在葬礼上念，后来他夫人的信也到了。信是这么写的："昨日下午二时，先夫骤然与世长辞，临终平静。去世之前，先夫得以在您府上做客，酣享友情，为此我特致谢忱。愿君在此纪念先夫之时，仍留在与他共处的美好记忆中。"

是的，我全心全意纪念着他。失去良友虽然悲痛，但我最先想到的是，这样一位生前已被许多历经考验的好人奉为榜样的人物，其死亡更是难得的榜样。他认真负责地工作，直到最后一刻，未曾受床褥之苦，没有怨怼之情，不需他人的同情与照顾，简简单单安安静静温温和和地逝去。对这样的死亡，我们虽然悲痛，却无法不同意，死亡温柔地结束了我朋友勇敢勤奋的一生，友善地带他脱离俗务的羁绊，使他避免了不日就要到来的庆贺生日的劳顿。任何回顾都有秋意，不管是回顾自己的生命还是他人的生命，陷入回忆就带着秋意。写这篇东西的时候，我没有多少力气，中间还有不少干扰，拉杂写来，也不知道结果如何。这篇东西不是诗，连文学作品都谈不上。它是一篇独白式的记录，但不是为我自己写的，我不需要它，我是为几位朋友写的，也是为我亲爱同学的朋友们写的。在他长逝之前，他还到我这儿盘桓了一次，为我带来家乡的祝福和礼物，我们坐在一起聊天，或许我是最后一个和他在一起谈些日常和工作之外的事的人，他来到我身边，赠我以友谊、宁静、温暖和愉悦心情，这一切是一种恩赐。如果没有这体验，我大概也不可能理解他生命的结束，如果说"理解"这词过于大，那么可以说，我也不可能把他的死亡看作一种好的、正确的、和谐的结局。但愿他其他的朋友也有这样的想法，但愿当我们自己走到这一步而有需要的时候，他的形象、他的品质、他的一生和他的结束，是我们的安慰，是鼓舞我们的榜样。

经历安嘉定[1]

（1953）

亲爱的朋友们：

　　和语言打交道的时间越长，就越感到语言表达之难，问题之多。仅仅为了这个原因，不久我就无法再写什么东西了。比如现在，在我向你们叙述我在安嘉定的经历之前，我们对"经历"一词就必须有一致的理解。这个词，像许多其他的词一样，在我有生之年相对说来不算长的时间里已经失去了许多价值和分量。在狄尔泰作品中它有金子般的分量，在当今报纸副刊的作者笔下，它则贬值得厉害，他们说他们如何"经历"了埃及、西西里、克努特·汉姆生或某位舞蹈者，事实上却可能连看都没有好好看过。但是如果我想通过文字和印刷油墨和你们联系的话，我就只好佯装不知而努力保持住假想，想象我老式的语言对你们像对我一样有效，我所写的对你们像对我一

──────────

[1] Engadin，通译为"恩加丁"，瑞士东南部的一道河谷，以湖光山色闻名，有"阿尔卑斯节庆殿堂"美誉。

样，是"经历"，而不是匆忙的印象或者日常生活里众多偶发事件中随便哪一件。

另有一事，同语言和写作没有关系的，那就是老年人的经历，这方面我不能也不愿有任何假设和幻想，情愿面对事实，我知道，年轻人根本想象不出老年人是如何经历事物的。对老年人而言，基本上不存在新的经历，注定应得的、符合他们本性的原初经历他们早已得到，他们越来越少的"新"经历其实是已经多次经验过的东西，那是看似早已完成的画上新添的透明色彩，在旧有经历上添一层薄薄的颜色或假漆，在原有的十层或百层上再加一层。而这仍然是一点新的东西，虽然不是原初的，却是真正的经历，因为每一次它都会使人见到自我、反省自我。第一次见到大海或听到《费加罗的婚礼》的人与听过看过十遍或五十遍的人相比，一定有不同的体验，前者的经历多半会比较强烈。后者对于大海和音乐的眼光和听觉不那么活跃，然而却更加有经验，更加敏锐，他不但会更为细致地感受这对他已不新鲜的印象，他还会忆起以前的经历，他不仅以新的方式体验他已认识的大海和费加罗，他还会与年轻的自己相会，与自己早期的各生活阶段相会，不管是带着微笑、嘲讽、优越感、感动、羞愧、喜乐还是悔恨。一般说来，面对从前的经历老年人多半倾向于感动或羞愧，而不会产生优越感，特别是从事创作的人，特别是艺术家，在生命最后阶段里面对生命高峰期的潜能、力度和丰满时，大概很少会想到"当时我多傻多不行啊",而多半会有"如果还能有当时的能力该多好"的感叹。

除了经历人和精神世界,最符合我性格、对我最重要的要算是经历地方风景了。除了一些曾是我的家乡又曾参与塑造我生命的地方,如黑森林、巴塞尔、博登湖、伯尔尼、提契诺,我还由于旅行、漫游、画画或因其他缘故喜欢上不多的几个富有特征的地方,比如北意大利,特别是托斯卡纳,地中海,以及德国的一些地方。我见过许多风景美丽的地方,也喜欢所有这些地方,不过,似命运注定给我,经久对我具有吸引力而逐渐成为我的第二故乡的地方极少,其中最美丽、对我影响最大的地方是安嘉定。

这个高地的山谷我大概来过十次了,有时待几天,有时待上几星期。第一次来到这里还是五十年前的事。那时我还年轻,和妻子及朋友芬克一起到普雷达度假,度完假我们又决定好好徒步漫游一番。山下贝尔郡的鞋匠为我钉上鞋钉,我们三人背上背囊,越过阿尔布拉河,沿着长长的美丽山路走,接着沿着谷间更长的路从蓬特走到圣莫里茨,乡间路上没有汽车,可是由于路上马车不少,一路尘土飞扬。妻子从圣莫里茨坐火车回家了,朋友不习惯高地的气候,睡不好觉,因而情绪不佳、沉默不语,我虽尘土满身又热又渴,面对这谷地的最高点还是像见到了梦想中的天堂。我感觉到,这山、这湖、这树木花草的世界有许多话对我说,不是我初次见面一下子就能接受得了的，什么时候我一定会再来，我感觉到，这严厉而多彩多姿、严肃而和谐的高地山谷与我大有缘分，会给予我一些有价值的东西，或者对我提出什么要求。我们在锡尔斯－玛丽亚（今天我又在这里写这篇杂记）过了一夜，第二天站在安嘉定最后一个湖边，我要朋友睁开眼睛，越过湖面朝马洛亚那边的伯格尔望去，看看那美妙无比的画面，疲惫不堪的朋友一点儿兴趣也没有，他愤然指着底下深不见底的地方说："这有什么，只不过是布景效应。"我一生气，建议他走上面的路去马洛亚，我自己则沿湖另一侧的路走。晚上我们坐在一家名为维奇雅的饭店的阳台上，两人离得远远的，各吃各的。到了第二天早上才重新和好，高高兴兴地抄伯格尔的近路走下山去。

第二次去锡尔斯是几年后的事。我和我的出版人，柏林的菲舍尔相约在那儿见面，是他请我去的，我们那时住的旅馆就是近年来我每个夏天都住的这家旅馆。这次印象不深，不过，我还记得有一晚和菲舍尔及他的夫人一起聊天，十分愉快，那时，我们非常谈得来。

那次还有另一件我忘不了的事，就是看到尼采在安嘉定的住所，那是一座紧贴着岩石，看上去有些阴郁的房子，此后，每次再见到这所房子，我都觉得珍贵，心总是被牵动着。今天，在体育运动和旅游世界里，它倔强傲慢地处于大旅馆之间，厌倦地看着周围的世界，唤起敬畏和同情，并且激励人们记起这位隐士异端思想里建立起的超人形象。

这之后有许多年我没有再到过安嘉定。那几年我居住在伯尔尼，那正是令人悲哀的战争年代。到了1917年初，我因为战时服役的辛劳，因为战争本身的悲惨而病倒，医生要我外出休养。正好有一位朋友在圣莫里茨上面的疗养院休养，他邀我也到那儿去。那正是寒冬，是战争第三个年头里严酷的寒冬。此时我从另一个方面领略到这山谷的美丽、险峻以及它治愈和安慰的力量。我在这儿又学会了睡眠，而且胃口大开，白天里滑雪溜冰，没有多久，我就又听得进音乐，也能与人聊天了，甚至能够稍微工作了。有时我一个人滑雪滑到山上考尔维利亚茅屋去，那儿还没有通缆车，上面多半只有我一人。当时，1917年2月，在圣莫里茨我还经历了一个难忘的早晨。那天我有事到城里去，走到邮局前面时，见有许多人聚集在那儿，一个戴着皮帽的人从邮局出来，大声朗读刚拿到的号外。人们把他团团围住，我也跑过去，他念的第一个句子我听得懂："沙皇逊位了。"原来号外刊登的是俄国二月革命的事。从那时到现在，我上百次路过圣莫里茨，每一次都不得不想起那个1917年2月的早晨，想起当时的朋友和疗养地的旅店主人，他们现在都已去世了。我也不得不想起我当时受到的震动，我是个正在恢复健康的病人，刚刚在香塔雷拉享受了短暂的平静生活，那位朗读革命消息者的声音把我一下子拉回现实，威胁我、督促我不要忘记世界大事。在这地区，无论我走到哪儿，都会忆起从前的事，遇见当时的我。我见到了不到三十岁的自己，背着背囊快乐地走在 8 月的烈日下。又见到增长了十二岁的自己，因战争而觉醒，因战争的煎熬而衰老，陷入严重的危机，在这儿短暂地休养一阵子，得到了康复，得到了补给，又能够重新开始。然后我遇见了更后来的自己，在这儿和托马斯·曼的小女儿一起滑雪，买了那时新建的考尔维利亚铁路月票，有时和我的朋友"恐怖的路易"及他的猎犬在一起，夜晚安静地写作《纳齐斯与戈德蒙》。是的，我们心灵里记忆和遗忘的节奏是多么奥妙啊！就是对一个涉猎过现代心理学的人来说也同样神秘，同样令他兴奋不安。我们能够遗忘，那是多好多令人安慰啊！我们拥有记忆的能力，这又是多好多令人安慰啊！我们每一个人都知道自己记忆里保存了些什么，知道支配处理它。但没有人认识自己所忘却的那一大片混沌领域。有时候，那些被认为无用或无法消化而被我们推开的东西，那些被遗忘了几年或几十年的碎片，会像出土的宝藏重见天日，在这样的时刻（在《纳齐斯与戈德蒙》里有一段关于这样一个重大时刻的描写），组成我们记忆的许多宝贵美好的东西看起来就像是灰尘一堆。我们诗人和知识分子很看重记忆，那是我们的资本，我们靠它为生——但是一旦藏于遗忘冥府中的东西出其不意地冲出来，不管它是否让人高兴，它的力量都强大无比，那是我们保养得好好的记忆所不具有的。有时候我猜想，稍有点幻想的年轻人，都有漫游和征服的冲动，有追求新鲜事物、追求远游和异国风情的渴望，我有时猜想，这也是渴望忘却、渴望挤掉压抑人的事物的一种表现，极力想在经历过的景象上多覆盖几层其他的景象。老年人则相反，总是倾向于维持固定的习惯，喜欢重复，老想重游旧地、重逢故人、重温旧事，这可说是追求记忆的努力，是一种不知疲倦地想保证自己记忆的需求，或许还带着点希望，希望保存着的宝藏能够增加，希望有朝一日能找回一些遗忘了的经历、人物和事物。所有的老人，或许自己并不太知道，都在寻找过去，寻找一些似乎无法恢复的事物，不过事物并非肯定不能重现，真正的文学作品就能够将被遗忘的重新带给我们。

另一种在新的外形中寻回过去的方式，是与几十年未曾见面的可爱的熟人相逢。我有一位朋友在安嘉定有座十分舒适漂亮的房子，房间有凹进的墙壁和滑石造的壁炉。他是一位魔术师，名字叫佑普，和克林索尔是朋友，当年我在那儿滑雪时，是考尔维利亚茅屋的常客，他常以盛筵招待我。那时，他家有三个可爱的孩子，两个男孩和一个小妹妹，孩子们都有大大的眼睛，比他们的小嘴还要大。魔术师本人我已多年未见，因为他不再到山里来了，不过几年前我遇到他的夫人，还在她那儿见到了已经成人的孩子，一个从事音乐工作，一个在读大学，女孩还像小时候一样，她大大的眼睛和小小的嘴巴使她有一种特殊的美丽，她在巴黎读比较文学，对她的教授十分钦佩。有一次我的朋友埃德温·菲舍尔为我们弹奏巴赫、莫扎特和贝多芬时，她也受邀在场。这位演奏家朋友当年在伯尔尼曾为我演奏《伊丽莎白》，那是他为我的诗所谱的曲，那时他还很年轻，自那之后，我们也偶尔相遇，每次都在不同的生命阶段，每次相遇都增进了友情。

就这样，每当我来到这儿，往事就会重现，那些不能恢复却可召唤得回的可爱往事。以之衡量今天和今天的我，常会使我快乐又沉重、幸福又羞愧、悲伤又感安慰。看着以前我毫不费力就走上去或滑雪上去的山坡，如今连最小的也爬不上，想起以前同游安嘉定的朋友如今早已躺在墓里，多少有些难过。不过，在谈话中，在孤独的沉思中唤醒过去的时光和朋友，翻阅丰富的记忆画册（总是带着些微希望，希望一张忘却的画再出现，它的光彩能够盖过其他的画）却是乐趣。体力一年比一年弱，散步越来越费力，走的路一年比一年短，然而，重游旧地时与往事相会所带来的乐趣则一年比一年增加，将现在经历到的编织进记忆千姿百态的网络中去，乐趣就越来越浓厚。多数这类记忆有我生命的伴侣妮侬与我共享。自三十年前那次滑雪以来，我没有一次不和她同来这里，她和我一同在魔术师家做客，和我一同和菲舍尔，和瓦瑟尔曼，和托马斯·曼相聚。两年前我与毛尔布龙的同学奥托·哈特曼的重逢，她也一同经历到了，奥托是我朋友中德意志精神和施瓦本精神最喜人、最高尚的代表。那是个大节日，我的朋友把他短促的假期送了一天给我们，我们一起驱车去马洛亚，上了尤利尔山，8月的晴空下，群山显得晶莹剔透。晚上我们依依不舍地告别，希望下次还有见面的机会，虽然说这话时有些犹豫，但我们的愿望还是得以实现。就在去世前几天他到蒙塔诺拉来看我，这次相聚可说是上天送给我的礼物。这事我已在一篇纪念文章里向你们叙述过了。

今年夏天，我又到这高地来了，这次走的是条新路线，因为我们动身那天，伯格尔的路面被泥石掩盖了，桥也塌了，我们得取道松德里奥、蒂拉诺、波斯基亚沃，再经过贝尔尼纳隘口过去。这条路以前未曾走过，是条比较远的弯路，但景色绝佳，一路多彩多姿的风景中我印象最深的是北意大利的葡萄园，一大片一大片，高低有致，层层相叠。年轻时我对这样的景色兴趣不大，那时喜爱的是荒野无人的地方，最好是带有浪漫气息的景色。随着年龄的增长，我对人和土地的相遇越来越感兴趣，人通过耕种田地、种植葡萄和平整土地征服土地、塑造土地，紧贴着山坡的梯田、围墙、小路，显示了农民以智慧和勤劳同破坏性的荒野与狂暴的自然力量安静而坚韧的斗争。

今年夏天山地之旅的可贵经历是与人和音乐的相逢。多年以来，大提琴家皮埃尔·富尼埃[1]每年夏天都和我们下榻于同一旅馆，许多人认为他是当今第一大提琴手，我认为他是最地道的大提琴手，熟练程度可以媲美他的前辈卡萨尔斯，艺术造诣有过之而无不及。他坚持纯正的演出曲目，有严格和犀利的

---

[1] Pierre Fournier（1906—1986），法国大提琴家。

演奏风格。并不是说他选的曲目我都喜爱，他全心投入地演奏的某些音乐家的作品，我觉得不听也无所谓，比如勃拉姆斯，但是，这些也都是严肃音乐，应该严肃对待，而他的前辈除了演奏真正的和严肃的音乐，还演奏简单的娱乐性音乐。对富尼埃一家我们不但有所耳闻，每年也都见到过，可说相当熟悉，不过我们彼此互不干扰，只是远远点个头打个招呼，看到对方被好奇的人滋扰时，稍稍为他感到惋惜。这次不同，在萨梅丹市政厅的音乐会结束后，我们有机会聊了一下，增进了彼此的认识，于是，他提出单独为我演奏一次。又因为他很快就要离开了，所以这个室内音乐会就定在第二天举行，恰巧这一天是我非常不顺的一天，我感觉很不舒服，很疲乏，脾气不好，情绪很低。人老了，表面上有智慧了，受了周围环境和自我内心的影响，仍然可能发生这样的事。那天下午我万分不情愿地到艺术家的房间去，非常难堪，觉得自己就像个没有梳洗就上宴会桌的人一样。我到了那儿，得了张椅子，大师也坐下来，调调音，很快，我的疲乏、失望、不满一扫而光，我被巴赫纯正而严格的音乐氛围包围住了，好似置身于一个更高、更明亮、更晶莹的山的世界里，它唤醒我所有的感官，使它张开，使它敏锐。我自己整天没能够做到的，音乐在片刻间做到了：摆脱日常生活的圈子，走向卡斯塔利亚精神家园[1]。我在这儿待了

---

[1] 黑塞在其小说《玻璃球游戏》中虚构了一个与世隔绝的理想世界卡斯塔利亚，"玻璃球游戏"代表着卡斯塔利亚人知识的最高峰。

一个多小时，听了两曲巴赫，中间稍微休息了一下，聊了几句。有力、准确而锋利地演奏出的音乐于我而言，就像面包和葡萄酒对于饥渴的人一样，身体得到食物，还得到清洗，心灵得以重振，又有勇气生活。当战争和堕落的德国弄得我几乎窒息的时候，我为了自救而建立起来的那个精神王国的大门为我敞开了，以严肃而欢快的庆典迎接我，演奏厅的音乐会是达不到这一点的。我满心感谢地离开他，久久享受着。

从前我常有机会听这种理想的演奏，我同演奏家的关系一向非常亲密，并和许多人成了朋友。自从我隐居而且不能旅行之后，这种快乐的日子就少多了。对于音乐我在某些方面的要求很高，也很落伍。我从小接触的不是专家和音乐会里的音乐，而是家庭音乐，最高兴的是自己也能参与演奏，孩童时代我拉小提琴也唱歌，这是我踏入音乐王国的第一步。姐妹们和哥哥卡尔弹钢琴，卡尔和特奥两人都能唱歌，小时候听音乐爱好者弹奏贝多芬的奏鸣曲和舒伯特一些不甚知名的歌曲，或者在家听着卡尔长时间练习一首奏鸣曲，直到他"掌握"好分寸，与他分享胜利的快乐，这些经历对我都非常有益处。后来开始听著名演奏者的音乐会，最初有一阵子我陶醉于专家熟练的技巧，听有才能的人技巧纯熟的演奏，那真是令人销魂，他们看起像走钢丝的艺人或空中飞人那么轻松，他们在紧要关头加上一下或加一点微弱的震颤，或忧伤地渐渐减弱音力，听起来甜蜜得心痛。不过，没多久我就不再陶醉于此了，我足够清醒，能够感觉出界限之所在，知道在感官的享受后面寻找精神，我寻找的不是指挥家或演奏家的精神，而是音乐大师的精神。随着时间的推移，我对专家的才能，对那些微微多出的力度、激情和甜蜜越来越敏感，我不喜欢机智的也不喜欢梦幻型的指挥和演奏家，转而崇敬实事求是的演奏。总之，几十年来，我比较能够忍受的是倾向于质朴的夸张而不是倾向于相反方向的夸张。我的朋友富尼埃的演奏正好符合我的思路和爱好。

在此不久之后，我在克拉拉·哈斯基尔[1]的音乐会上又有一些快乐的音乐经历。这是在圣莫里茨的一次演出，节目单上的曲目虽然很好，但是除了斯卡拉蒂的三篇奏鸣曲，其他都不是我喜爱的。如果我拥有"愿望的力量"，那么我会选贝多芬的另两篇奏鸣曲。节目单上有舒曼的《彩色叶子》，我在开演前轻声对妮侬说，不选《森林一幕》而选《彩色叶子》实在可惜，我多么想再听一次或多听几次舒曼那一小段《先知鸟》。音乐会进行得非常好，我也忘了自己特别的爱好和愿望了。然而，这天晚上还有更令我高兴的事。这位非常受爱戴的艺术家最后加演的是什么？不是别的，正是我的《先知鸟》。每次听这支神秘可爱的曲子，我都会想起第一次听到它的情景，那是在我们盖恩霍芬家中，我妻子的钢琴室里，弹琴的是我们亲爱的朋友，他苍白的脸上留着大胡子，深色的眼睛流露出忧郁，

---

[1] Klara Haskil（1895—1960），罗马尼亚女钢琴家。

他伏身琴上的模样如今仍历历在目。不久之后这位感情细腻的演奏者自杀了。他的女儿现在还时而和我通通信，能够从我这儿听到她父亲的一些往事，她很高兴，她对父亲知道得并不比我多。就这样，这天晚上，在一个满是世俗听众的大厅里，我经历了一次非常亲密可贵的记忆庆典。在漫长一生中，我们随身携带着许多东西，只有当我们消失时它们才跟着消失。带着忧郁眼神的演奏者辞世近半个世纪了，对我来说他却活着，有时还非常亲近，《森林一幕》中先知鸟的那一段曲子，对我来说，除了意味着舒曼音乐的魅力，还永远是我记忆的源泉，盖恩霍芬家里的钢琴房和演奏者及他的命运只是其中的一小部分。在这记忆中还有许多其他声音响起，比如我童年时听姐姐弹钢琴，对舒曼的一些曲子印象很深。我见到的第一张舒曼肖像永远印在我脑子里。那是一张今天看来很糟的彩色像，19世纪80年代印刷的，印在小孩玩的纸牌上，那种纸牌三张一组，印着著名艺术家的肖像，说明他们有些什么作品。印在我脑中毕生难忘的纸牌像还有莎士比亚、拉斐尔、狄更斯、沃尔特·司各特、朗费罗等人。这种纸牌为孩子和没有受过多少教育的人建立了艺术家和艺术品教育的神殿，最初激励我想象一座包含所有时代一切文化的文学艺术大学的或许就是它。后来这所大学被命名为卡斯塔利亚，也叫"玻璃球游戏"。

我所知道的最美丽的发电厂就建在这高地谷里，几十年来我自然能够观察到它一步步地机械化，一步步地被洪水般的游客和投机行为侵蚀，这儿游客的数量简直同提契诺差不多。圣莫里茨五十年前就已是个热闹的旅游城市，当时城里古老教堂的斜塔似已知道自己所占的那点土地会有更加有利的用途，它忧伤而衰老地俯视着拥挤的人群和单调的获利建筑，随时准备让出位置。不过，今天它仍一如既往安详地站在那儿，而许多1900年左右建造的投机性巨大建筑却消失了。不过在圣莫里茨和斯尔之间一直延伸到费克斯不算大的区域里，土地被圈被卖的情况很严重，建了许多大大小小的住房，外来人口剧增。许多房子一年只有几个月或几星期有人住，与日俱增的外来人口买了当地人的土地，他们对山谷居民而言却是陌生的，即使是善意的人，他们一年也没有多少日子在这里，他们经历不到冬天的严酷，经历不到雪崩和雪融，无从得知当地人的忧虑和困苦。

坐上汽车到几十年来未曾改变的地方走走感觉很舒服。散步我已走不远了，坐车则可以到想去的地方。这几年我一直想去阿尔布拉山隘和普雷达看看，那是我年轻时初次在这山里徒步旅行的起点。这次走的方向和当时相反，当时圣莫里茨和蓬特雷西纳之间那条尘土飞扬的道路如今已认不出了。不过，经过蓬特不久我们就进入一片宁静而严肃的石的世界，在这儿我一一辨认出它们的形状和当时的情景。我久久坐在路旁草坡上。看着这长长一片光秃而色彩斑斓的山脉和小小的阿尔布拉河，一些以为忘却的1905年旅行的往事呈现出来了。峻陡而光秃的山脊和乱石满地的野外像以往一样俯视着大地，我们在这儿觉得既舒服又似看到了警示，一种只有大海和无人烟无文明的山里能给人的感觉，一种陷入时间之外或者在不识年月日和分秒的时间里呼吸的感觉，那种时间只识超越人类的相隔千年的里程碑。在感觉中来回游荡于超越时间的原始世界和自己小段小段的生命段落是很美妙，不过，也令人疲乏悲伤，它使人为的一切，使经历过的和可经历的一切显得那么易逝、那么没有分量。我看到了很多，忆起的往事也很多，此时最好打道回府。可是我还想看看小小的普雷达以及隧道入口处的几间房子，我年轻时在那儿度过假。更吸引我的是记忆中的一片山间小湖，那儿有深绿色的水和深蓝色的孔雀蝶，而且我们本也计划途经蒂芬卡斯特尔和尤利尔山回去的。车开不久就见到各式各样的松树，再开不久我就感觉到山隘这边时间和文明的信号了。我们休息的时候，一种持续不断的摩托声划破了山谷的宁静，我以为是推土机或拖拉机的声音，后来知道，那只是谷底割草机的声音。接着，帕尔普涅纳湖出现了，湖面平静如镜，映出树林和山坡，还有那三块灰暗粗野的悬岩。虽然湖的出口处建造了各式各样的堤坝，道路旁停了许多休息的汽车，这湖还美丽迷人，一如当年。不过，靠近普雷达的时候，我的接受能力和重逢往昔的快乐完全消失了。本想在普雷达停留片刻，看看原先住过的房子和它的主人，后来也觉得没有必要了。那天天气闷热，高地的风吹不到这里。很可能这地方使我想起我的第一次婚姻和年轻时的一些事，使我疲惫无力的可能并非夏日的炎热和路途的劳累，而是对自己生命中某几个阶段的不满和后悔，对无可挽回的往事感到悲伤。于是我过普雷达而不停。脑子里考察着为何不满和后悔，却也想不出什么具体的事，但是一种奇怪、模糊且挥之不去的负罪感又一次出现了。我的同辈人中与我同类的人，只要想到1914年之前的事，就可能受到这种负罪感的侵袭。被那次大战唤醒，受到那次大战震撼的人，都摆脱不了共犯的问题，虽然这种想法更适合年轻人，因为岁月和经历教会我们，这问题和我们对原罪应负多少责任的问题是相同的，它不应该使我们不安，把它留给神学家和哲学家去管就行了。可是，我一生中，眼看美丽有趣令人愉快的和平世界变为面目狰狞之地，总不免还会有几次良心不安。认为自己对世界大事也负有责任的心理其实是一种毛病，是缺乏信仰和清白的表现，而有这种毛病的人则往往把它想成是良心警醒和对人性的关怀。完全健康的人不会有这样傲慢的心理，不会以为自己应对世界的罪恶和疾病、对战争的粗暴以及对世人不谋求和平负责任，不会以为自己如此重要，可以增加或减少世上的苦难和罪恶。

这个夏天在安嘉定我还有个意外的经历。我带来看的书不多，假期里只让人把信转来，所以当我收到我的出版人直接寄来的小包裹时感到有些意外。寄来的是新版《纳齐斯与戈德蒙》，我翻翻书，看看纸张、装订和外包装，正考虑着可以把它送给谁的时候，忽然想起，从校对这书的第一版后，我就再没有读过它，算来也有二十五年了。想起从前我曾两次带着书稿从蒙塔诺拉去苏黎世，从苏黎世去香塔雷拉，又想起有两三章使我遇到困难，彻夜不眠。但是我对整部小说已有些陌生了，随着岁月的推移，多数书对于作者本人都是陌生的，我一直不觉得有必要重新认识它。现在，翻看着它，它似在邀请我，我也乐意接受。这么一来，有两星期之久，《纳齐斯与戈德蒙》成了我身边的读物。这是我比较成功的一本书，有个时期，众人嘴上都挂着它，而众人的嘴并不总是称赞和感谢它，除了《荒原狼》，可怜的《纳齐斯与戈德蒙》是我受到最多责备和辱骂的一本书。它是在德国进入战争和英雄时期前不久出版的，而它极端缺乏英雄和战士气概，十分柔弱，而且，如同人家对我说的，会引诱人步入无节制的享乐，荒淫可耻，德国和瑞士的大学生同意禁止它、焚烧它，英雄的母亲们以领袖和伟大时代的名义对我表示极大的愤慨。然而，我也并不是因此而二十年之久避免去读它，这纯粹是我改变生活方式和工作方式的结果。从前，每当一本书出新版，我总要校阅一遍，有时做点修改，主要是删除。但是随着眼力越来越差，我也就尽可能避免校阅书籍，长期以来，由我妻子代替我做这工作。我对《纳齐斯与戈德蒙》的偏爱从未消失，它成稿于我生命中较美好较轻松的时期，别人对它的咒骂和打击，像《荒原狼》一样，在我心中正是对它的称赞。不过我对它的印象，也像其他记忆一样，随着时间的逝去而有些模糊了，我对它已不那么熟悉，如今，我早已不再写书了，该可以让自己有机会来恢复和修正对它的印象了。

这是一次令人愉快的重逢，书中没有什么好挑剔甚或使我感到后悔的地方。并不是说整本书都使我满意，它当然有不足的地方，有点太长太啰唆，同样的事用不同的话重复地说，重读自己的作品，几乎都会发现这毛病。我常因自己天赋欠缺和才能不足而感惭愧，在读这本书的时候，我又清楚地感觉到自己的局限。我再次发觉，我多数长篇小说不能如我所愿地提出新问题、塑造新人物，只是在生命不同的阶段出于不同的经历以不同的方式表现适合我写的那几个问题和人物。于是，不但在克林索尔身上，其实在克努尔普身上便已经有戈德蒙的影子了，而玛利亚布隆修道院和纳齐斯身上也有卡斯塔利亚和克内希特的影子。看清楚这一点并不使我难过，这虽意味着降低和缩小我以前甚高的自我估计，但也有正面的意义，它告诉我，我虽有过一些野心勃勃的愿望和努力，但是总的说来，我一直忠于自己，一直走实现自我的道路，即使必须通过窄门和危机。这小说的语气，其音调和高低有致的游戏并不使我感到陌生，我不觉得这是一段过去了、萎缩了的生命，虽然今天我已没有能力如此轻松流畅地写作了。这种散文的写法我现在仍喜欢，我没有忘记它的主次结构、它的音韵协调和小小的游戏，忠实地保留在我记忆里的，更多的是小说的语言而不是它的内容。

顺便提一下，我忘掉的简直太多了。翻看时虽然每一页每个句子都似曾相识，但下一页说的是什么我就无法知道了。记得很清楚的是一些小地方，比如修道院大门前的栗子树、死了人的农家、戈德蒙的马，也有些比较重要的段落是记得的，比如两位好友的几次对话、夜游村庄、与丽蒂亚赛马等等。不可思议的是我竟把戈德蒙在尼克劳斯师傅家的经历忘得差不多，也忘了朝圣的傻瓜罗伯特、列妮的插曲以及戈德蒙为此第二次杀人的事。我对一些当初比较满意的地方现在有些失望。写时感到困难、不甚满意的几处，很费事才找到，倒也不觉得它们有什么不妥。

　　我非常慢、非常仔细地读这本小说，读的时候想起与这书有关的一些事。让我把其中之一讲给你们听，因为你们中有些人当时很可能也在场。那是20年代末，我答应到斯图加特朗读作品，因为我想顺便回故乡看看，在那儿我住在一个朋友家里。当时《纳齐斯与戈德蒙》还没有出版，手稿写了一大半，我不甚明智地选了大瘟疫的那一章带去朗读。大家很用心地听着，当时我觉得这段描写特别重要，特别好，这段黑死病的故事好像打动了听众，整个大厅的气氛显得很严肃，也说不定大家的沉默表示的只是不悦。总之，朗读结束后，相熟的几位朋友一起到饭店吃饭。这是我第一次公开朗读一段尚未出版的新书，整个人还沉浸在瘟疫的叙述中，不怎么情愿和大家在一起，而我觉得戈德蒙经过大变故后的转变似乎大大刺激起听众的生命欲望，他们像是从我的故事中解脱出来，松了一口气，以双倍的贪婪投入生命的河流。在一片嘈杂声中大家抢着找位子，抢着叫侍者，抢着看菜单和酒单，周围都是快乐满意的面孔和响彻大厅的问好声，坐在我两旁的朋友也费劲地向侍者订他们要的菜，我好似置身戈德蒙参加的那个狂欢酒会，大家被死的恐惧所麻痹，为了活着而痛饮，想把煽动起来的生之欢乐推向高潮。可是我不是戈德蒙，我觉得自己迷失了，我非常厌恶这种欢乐气氛，一点都忍受不了。于是偷偷走到门旁，走了出去，在人家发现我之前溜掉了。我那么做实在不聪明，也不光彩，当时我也知道，但那是直觉，不是自己能够控制的。

此后我又公开朗诵了一两回，那是因为事先答应人家，然后再也不做这事了。

写着写着，在安嘉定的夏日假期也将结束，现在是收拾行李的时候了。写下这几页东西费了超过其所值的精力，我不大能写了。我有点失望，身体的不适是一方面，更让我失望的是，费了那么多时间和精力写出的竟然就只是这封给大家的公开信，这是我早就该写的。不过，在回家的路上，我至少还能见到一些美丽的景色，我们将途经马洛亚和基亚文纳回去，从清凉明澈的山地进入南方夏日暖湿的氤氲，每一回都令人心醉。沿着梅拉河朝科莫湖走，我会满怀感激，再次啜饮沿途小城镇、院墙、橄榄树和夹竹桃的美。请谅解我，多多保重！

221

黑塞生平及创作年表

1877 7月2日赫尔曼·黑塞出生于德国符腾堡州的卡尔夫。父亲约翰内斯·黑塞（1847—1916）是传教士，后来担任卡尔夫出版联合会主席。母亲玛丽（1842—1902）是著名印度学家赫尔曼·贡德特的长女。父母在印度传教多年。黑塞家中，开放的世界性和宗教教育并存。

赫尔曼·黑塞有姐姐阿德勒、妹妹马鲁拉、弟弟汉斯。

1881 举家迁居瑞士巴塞尔。黑塞在教会的男童学校上学，只能在星期日回家。

1883 其父取得瑞士国籍（之前是俄国国籍）。

1886 迁回卡尔夫，住在外祖父家。这栋老宅以及卡尔夫周围的景色多次出现在黑塞的小说中。

1890 在格平根的拉丁学校学习，准备参加符腾堡州的考试，以求能在图宾根教会学校接受免费的神学教育。作为公立学校的学生，黑塞必须放弃瑞士国籍，因此他的父亲在1890年11月在符腾堡为他申请到德国国籍。

1892 3月7日逃离毛尔布龙修道院学校，因为少年黑塞只想成为诗人。外祖父戏称这是一次"天才之旅"。逃离后第二天被送回学校，可是强烈的内心矛盾使少年黑塞不断生病，情况严重，5月终至退学；6月黑塞试图自杀；6月到8月进斯特滕的精神病院疗养；之后在坎施塔特高级文理中学学习。

1893　4月外祖父去世。黑塞的学校生活虽不平静，但他还是于7月份通过了一年制的志愿者考试。不过无法继续学业，只得再次辍学；
10月在一家书店当了三天学徒工，后来便留在家中。

1894　从6月到次年9月在卡尔夫的塔楼钟表厂当学徒工；计划移居巴西。

1895　在图宾根一家书店当学徒，一做三年。

1896　在《德国诗人之家》（deutsche Dichterheim）上首次发表诗歌。

1898　结束书店学徒生活。10月第一本诗集《浪漫之歌》（Romantische Lieder）出版。

1899　6月散文集《午夜后一小时》（Eine Stunde hinter Mitternacht）出版；移居巴塞尔，直到1901年1月都在书店做助手。

1900　为《瑞士汇报》（Allgemeine Schweizer Zeitung）撰写文章和文艺评论，开始赢得一定声誉。

1901　3月到5月第一次意大利之行；

从 1901 年 8 月到 1903 年春季在巴塞尔的一家旧书店卖书；
《赫尔曼·劳舍尔遗留的文稿和诗歌》(*Hinterlassene Schriften und Gedichte von Hermann Lauscher*) 出版。

1902 献给母亲的《诗集》(*Gedichte*) 出版，可惜母亲未能亲见儿子的新书。

1903 放弃书店工作之后第二次去意大利旅行，同行的还有玛丽亚·贝尔努利，她与黑塞在 3 月订婚；
《卡门青德》(*Camenzind*) 的手稿完成，受菲舍尔出版社 (S. Fischer Verlag) 的邀请寄到了柏林；
10 月开始撰写《在轮下》(*Unterm Rad*)。

1904 《彼得·卡门青德》(*Peter Camenzind*) 由菲舍尔出版社出版，黑塞一举成名；
与玛丽亚·贝尔努利结婚，搬进博登湖畔的一家农舍；
成为职业作家，为许多报纸和杂志撰写文章；
传记研究《薄伽丘》(*Boccaccio*) 和《阿西西的圣方济各》(*Franz von Assisi*) 出版。

1905 12 月儿子布鲁诺出生。

1906 小说《在轮下》(写于 1903—1904 年) 由菲舍尔出版社出版；
成立反对威廉二世专制统治、宣传自由思想的杂志《三月》(*März*)，黑塞担任编委之一一直至 1912 年。

1907 短篇小说集《此岸》(*Diesseits*) 由菲舍尔出版社出版。

1908　短篇小说集《邻居》(*Nachbarn*)由菲舍尔出版社出版。

1909　3 月二儿子海纳出生；
　　　黑塞进行了第一次巡回德国的作品朗诵会。

1910　小说《盖特露德》(*Gertrud*)出版。

1911　7 月三儿子马丁出生；
　　　诗集《途中》(*Unterwegs*)出版；
　　　9 月到 12 月与画家好友汉斯·施图茨内格一起到印度旅行。

1912　短篇小说集《弯路》(*Umwege*)由菲舍尔出版社出版；
　　　前往维也纳、布拉格、布尔诺和德累斯顿巡回朗诵作品；
　　　全家迁居伯尔尼，住在已故好友画家阿尔伯特·韦尔蒂的房
　　　子里。

1913　《印度札记》(*Aus Indien*)由菲舍尔出版社出版。

1914　小说《罗斯哈尔德》(*Roßhalde*)由菲舍尔出版社出版；
　　　儿子马丁患神经方面的疾病；
　　　11 月 3 日，《啊，朋友们，不要唱这调子！》(*O Freunde, nicht
　　　diese Töne*)在《新苏黎世报》上发表，引起德国民族主义者的
　　　仇视与谩骂；
　　　也因为这篇文章，罗曼·罗兰开始与黑塞通信，二人结下深厚的
　　　友谊。

1915　《克努尔普》(*Knulp*)由菲舍尔出版社出版；

诗集《孤独者的音乐》（*Musik des Einsamen*）出版；

短篇小说集《路边》（*Am Weg*）出版；

短篇小说集《美妙少年时》（*Schön ist die Jugend*）由菲舍尔出版社出版。

1916　父亲去世，妻子开始出现精神分裂，加上小儿子的病痛让黑塞精神崩溃；

首次接受心理治疗，医师是荣格的学生 J. B. 朗。

1917　别人建议黑塞停止写批评时事的文章；

首次匿名在报纸和杂志上发表文章，笔名为"埃米尔·辛克莱"（Emil Sinclair）；

开始写《德米安》（*Demian*）。

1919　匿名出版政治宣传册《查拉图斯特拉的重归》（*Zarathustras Wiederkehr*）；

家庭破碎，与在精神病院的妻子分居，孩子托友人和亲戚照顾；

离开伯尔尼，迁往位于瑞士蒙塔诺拉 / 提契诺的卡木齐居，开始长年的独居生活；

随笔和诗歌集《小花园》（*Kleiner Garten*）出版；

小说《德米安》由菲舍尔出版社出版，采用笔名埃米尔·辛克莱；

文集《童话》（*Märchen*）由菲舍尔出版社出版；

创建并主编出版杂志《我呼唤生者》（*Vivos voco*）。

1920　《画家的诗》（*Gedichte des Malers*）出版，收录了十首附有水彩画的诗；

陀思妥耶夫斯基评论集《窥探混沌》（*Blick ins Chaos*）出版；

小说集《克林索尔的最后夏天》(*Klingsors letzter Sommer*) 由菲舍尔出版社出版。

1921　《诗选》(*Ausgewählte Gedichte*) 由菲舍尔出版社出版；
创作《悉达多》(*Siddhartha*) 的过程中经历创作危机；
由荣格给他作心理分析。

1922　《悉达多》由菲舍尔出版社出版。

1923　《辛克莱的笔记》(*Sinclairs Notizbuch*) 出版；
6月与玛丽亚·贝尔努利离婚；
放弃德国国籍，成为瑞士公民。

1924　与女作家莉萨·文格尔的女儿露特·文格尔结婚。

1925　《温泉疗养客》(*Kurgast*) 由菲舍尔出版社出版。这是一部半真
实半虚构的自传体散文，可以说是黑塞最幽默的作品；
到乌尔姆、慕尼黑、奥格斯堡和纽伦堡举办朗诵会。

1926　散文集《图画集》(*Bilderbuch*) 由菲舍尔出版社出版；
当选普鲁士艺术学院院士；
结识妮侬·多尔宾。

1927　《纽伦堡之旅》(*Die Nürnberger Reise*) 和《荒原狼》(*Der Steppenwolf*) 由菲舍尔出版社出版；
黑塞50岁生日，首部黑塞传记出版，作者为胡戈·巴尔；
与露特·文格尔离婚。

1928　散文集《沉思录》（*Betrachtungen*）和诗集《危机》（*Krisis*）由菲舍尔出版社出版。

1929　诗集《夜之慰藉》（*Trost der Nacht*）和《世界文学文库》（*Eine Bibliothek der Weltliteratur*）由菲舍尔出版社出版。

1930　小说《纳齐斯与戈德蒙》（*Narziß und Goldmund*）由菲舍尔出版社出版；
　　　退出普鲁士艺术学院，托马斯·曼挽留未果。

1931　11月与妮侬·多尔宾结婚。

1932　随笔集《东方之行》（*Die Morgenlandfahrt*）由菲舍尔出版社出版；
　　　开始写作《玻璃球游戏》（*Das Glasperlenspiel*），这部小说从初稿到成书用了12年的时间。

1933　短篇小说集《小世界》（*Kleine Welt*）由菲舍尔出版社出版。

1934　当选瑞士作家协会会员，该协会的成立主要是为了更好地抵制纳粹的文化政策，为流亡同人提供更有效的帮助；
　　　诗选《生命之树》（*Vom Baum des Lebens*）出版。

1935　短篇小说集《幻想故事书》（*Fabulierbuch*）由菲舍尔出版社出版；
　　　由于政治原因菲舍尔出版社分裂为两个部分，一部分位于德国境内，由彼得·苏尔坎普领导，另一部分则是由戈特弗里德·贝尔曼·菲舍尔率领的流亡出版社，位于维也纳；纳粹有关当局不允许流亡出版社将黑塞作品的版权带到国外。

1936　3月获凯勒文学奖；
六音步诗《花园里的时光》（*Stunden im Garten*）仍由维也纳的戈特弗里德·贝尔曼·菲舍尔出版社（Bermann-Fischer Verlag im Exil）出版；
9月与彼得·苏尔坎普第一次接触。

1937　《纪念册》（*Gedenkblätter*）和《新诗集》（*Neue Gedichte*）由柏林的苏尔坎普·菲舍尔出版社（S. Fischer Verlag Berlin）出版；
《跛脚少年》（*Der lahme Knabe*）在苏黎世作为内部出版物出版，由画家阿尔弗雷德·库宾配以插图。

1939—1945　黑塞的作品在德国遭禁。《在轮下》《荒原狼》《沉思录》《纳齐斯与戈德蒙》和《世界文学文库》均不得再版；
苏尔坎普·菲舍尔出版社已经着手的《黑塞文集》不得不转到苏黎世的弗雷茨＆瓦斯穆特出版社（Fretz & Wasmuth Verlag）。

1942　位于柏林的苏尔坎普·菲舍尔出版社出版《玻璃球游戏》的申请被拒绝；
黑塞的第一部诗歌全集《诗歌全集》（*Die Gedichte*）由苏黎世的弗雷茨＆瓦斯穆特出版社出版。

1943　《玻璃球游戏》由苏黎世的弗雷茨＆瓦斯穆特出版社出版。

1944　黑塞的出版人苏尔坎普被盖世太保逮捕。

1945 未完成的长篇小说《贝特霍尔德》(*Berthold*)以及新小说和童话集《梦之旅》(*Traumfährte*)由苏黎世的弗雷茨 & 瓦斯穆特出版社出版。

1946 评论集《战争与和平》(*Krieg und Frieden*)由苏黎世的弗雷茨 & 瓦斯穆特出版社出版,集子中收录了自 1914 年以来对战争和政治的沉思。之后,黑塞的作品在德国可以再次出版;
获歌德文学奖;
获诺贝尔文学奖。

1947 被伯尔尼大学授予荣誉博士称号。

1950 鼓励并促成彼得·苏尔坎普成立自己的出版社。

1951 《晚年散文集》(*Späte Prosa*)和《书信集》(*Briefe*)由苏尔坎普出版社(Suhrkamp Verlag)出版。

1954 童话《皮克托变形记》(*Piktors Verwandlungen*)由苏尔坎普出版社出版;
《黑塞—罗曼·罗兰书信集》(*Der Briefwechsel: Hermann Hesse-Romain Rolland*)由苏黎世的弗雷茨 & 瓦斯穆特出版社出版。

1957 《黑塞文集》(*Gesammelte Schriften*)由苏尔坎普出版社出版,共七卷。

1961 旧诗和新诗选集《阶段》(*Stufen*)由苏尔坎普出版社出版。

1962 《纪念册》由苏尔坎普出版社出版，相较于 1937 年的版本多收集了 15 篇文章；

7 月 2 日 85 岁生日；

8 月 9 日在蒙塔诺拉去世。

文
景

Horizon

社 科 新 知　文 艺 新 潮

聊聊疾病聊聊天

[德]赫尔曼·黑塞　著

谢莹莹　欧　凡　译

出 品 人：姚映然
责任编辑：杨　沁
营销编辑：杨　朗
封扉设计：山　川

出　　品：北京世纪文景文化传播有限责任公司
　　　　　（北京朝阳区东土城路8号林达大厦A座4A　100013）
出版发行：上海人民出版社
印　　刷：山东临沂新华印刷物流集团有限责任公司
制　　版：北京百朗文化传播有限公司

开　本：850mm×1168mm　1/32
印　张：7.5　　字　数：138,000　　插页：2
2024年5月第1版　　2024年11月第2次印刷
定　价：45.00元
ISBN：978-7-208-18860-0 / I·2146

图书在版编目（CIP）数据

聊聊疾病聊聊天 /（德）赫尔曼·黑塞
（Hermann Hesse）著；谢莹莹，欧凡译. -- 上海：上
海人民出版社，2024
　　书名原文：Kurgast
　　ISBN 978-7-208-18860-0

Ⅰ.①聊… Ⅱ.①赫… ②谢… ③欧… Ⅲ.①散文集
－德国－现代 Ⅳ.①I516.65

中国国家版本馆CIP数据核字（2024）第075515号

本书如有印装错误，请致电本社更换 010-52187586

社科新知　文艺新潮　｜　与文景相遇

微信公众号

微　博

豆　瓣

bilibili

抖　音

小红书